辅导员工作实务系列丛书

学生工作
典型案例精选

XUESHENG GONGZUO
DIANXING ANLI JINGXUAN

台启权◎主编

安徽师范大学出版社
·芜湖·

责任编辑：舒贵波
装帧设计：丁奕奕

图书在版编目(CIP)数据

学生工作典型案例精选 / 台启权主编. —芜湖：安徽师范大学出版社，2017.12
(2018.4重印)
(辅导员工作实务系列丛书)
ISBN 978-7-5676-2723-9

Ⅰ.①学… Ⅱ.①台… Ⅲ.①高等学校－学生工作Ⅳ.①G645.5

中国版本图书馆CIP数据核字（2016）第326521号

学生工作典型案例精选

台启权　主编

出版发行：安徽师范大学出版社
芜湖市九华南路189号安徽师范大学花津校区 邮政编码：241002
网　　址：http://www.ahnupress.com/
发 行 部：0553-3883578　5910327　5910310(传真)　E-mail：asdcbsfxb@126.com
印　　刷：虎彩印艺股份有限公司
版　　次：2018年1月第1版
印　　次：2018年4月第2次印刷
规　　格：700 mm×1000 mm　1 / 16
印　　张：14.75
字　　数：230千字
书　　号：ISBN 978-7-5676-2723-9
定　　价：40.00元

“辅导员工作实务系列丛书”编委会

总 序

习近平总书记指出，“高校思想政治工作，从根本上说是做人的工作，我们必须围绕学生、关照学生、服务学生，要不断提高学生思想水平、政治觉悟、道德品质、文化素养，使学生成为德才兼备、全面发展的人才。”辅导员作为开展大学生思想政治教育的骨干力量，成为学生的知心朋友和人生导师，必须按照这一要求，努力掌握大学生思想政治工作的规律和能力，成为高校思想政治工作的行家里手。

在学生工作实践中摸索积累经验和学习借鉴成功经验，是辅导员提升工作能力的重要途径。对于年轻的辅导员而言，欲具备“因事而化、因时而进、因势而新”的能力，首先在于借鉴成功经验。习近平总书记说，“不论是新问题还是老问题，不论是长期存在的老问题还是改变了表现形式的老问题，要认识好、解决好，唯一的途径就是增强我们自己的本领。增强本领就要加强学习，既把学到的知识运用于实践，又在实践中增长解决问题的能力。”当前，高校学生工作面临越来越多的“变量”和“挑战”，辅导员唯有准确把握大学生思想政治教育工作的规律和大学生成人成才规律，在工作实践中学习思考、借鉴比较、探索创新，才能把学生工作做精、做细、做实，才能让思想政治教育“从天上回到人间、从空中回到地上、从文本进入学生心中”。

实践是认识的来源，也是认识的目的。学生工作的生命力在于实践，从实践中得来的认识才更有价值。为“把辛苦转化为成果，把经验上升到科学”，近年来，我们组织一批长期在学生工作战线的同志总结梳理安徽师范大学学生工作成果，编撰出版“辅导员工作实务系列丛书”。本丛书立足于提高辅导员实务工作能力，涉及“学生工作案例”“主题班会策划方案”“辅导员工作精品项目方案”“辅导员工作百问”“辅导员工作实务手册”等内容，贯穿学生在校四年，覆盖工作各个方面。“凡情之至者，其文未有不至者”，书中每一段文字，都凝结着我校一线学生工作者躬身实践的汗水和智慧，凝结着他们对青年学子的关爱和感情，凝结着他们对学生工作的热爱和追求。我们期望以丛书出版为契机，与学工同仁共同探讨新形势下的学生工作，思考新特点、解决新问题、探索新方法，不断提高学生工作的科学化水平。

丛书得以付梓，感谢学校领导的大力支持和全体参与者的倾心付出，同时对于长期以来关心、支持安徽师范大学学生工作发展的各位同仁，致以崇高的敬意！由于编者水平所限，书中难免存在诸多不足之处，恳请提出宝贵建议和意见。

二〇一七年十月

前　言

“他山之石，可以攻玉”。随着经济社会的变化和高等教育的发展，大学生群体不断呈现出新的特点，高校学生工作面临新问题、新挑战。与此同时，一批优秀辅导员在学生工作实践中形成了大量的成功案例。这些案例对于辅导员做好新形势下的学生工作可资借鉴，不无裨益。

为进一步深入挖掘学生工作典型做法和先进经验，根据学生工作实际需要，我们开展了学生工作优秀典型案例征集活动。活动得到了全校学生工作队伍的积极响应，我们从中精选了40篇优秀案例，编辑成《学生工作典型案例精选》。这既是广大学生工作者的经验总结，也是学生工作的特色展示。本书从学生日常思想政治教育、党团和班级建设、学业指导、日常事务管理、心理健康教育与辅导、网络思想政治教育、危机事件应对、职业规划与就业指导等8个方面总结工作中的成功经验和特色做法。出版《学生工作典型案例精选》，是我校在遵循教育规律、思想政治工作规律、学生成长规律基础上，着力提升大学生日常思想政治教育工作科学化水平的一次探索和尝试。

本书从筹划到汇编成册，经数次修改完善，得到了诸多专家学者和一线学工人员的大力支持。感谢担任丛书顾问的顾家山同志、张庆亮同志和丛书编委会主任的李琳琦同志对本书编写提出的指导意见。台启权、汪贻洋、余妍霞、杨一飞、汪婕、宫超、徐雅萍、龚伟等同志参与了全书的统稿、修订及审校工作，在此向他们以及执笔人员付出的辛勤劳动一并表示感谢。由于编者水平局限，难免挂一漏万，恳请各位同仁批评指正，帮助我们不断改进工作。

目　录

第一篇　日常思想政治教育

第二篇　党团和班级建设

第一篇

日常思想政治教育

新雷锋故事汇“以文化人，以德润心”

——高校培育和践行核心价值观的途径探索

孙　静

“发展的列车匆匆驶过精神的站台，现实的变化把心灵的地图抛在身外”，语言虽是诗化的，但道出的现实却是尴尬的。十八大以来，习近平总书记强调把培育和弘扬社会主义核心价值观作为凝魂聚气、强基固本的基础工程。大学如何发挥引领社会风尚功能、立德树人、以文化人，如何在培育和践行社会主义核心价值观上走在前列，是我们关注的问题。从2013年起，我们创新性地发起了新雷锋故事汇活动。

一、项目主题和思路

社会主义核心价值观不是天上的云，应该是落下的雨，能落在地上，能滋润心灵，能让种子萌生新芽。三年来，围绕“讲好典型故事，让核心价值观落地生根”的主题，新雷锋故事汇凝练了“1233”的工作思路：以“找故事—写故事—讲故事—传故事”为1条主心轴；依托安徽师范大学经济管理学院团委、“新雷锋”2大平台；利用深厚校园文化底蕴、雷锋精神时代特点、身边典型示范引领3大优势；以面向青年学生、引领学生以身边故事诠释核心价值观、内化于心、外化于行，面向校园、创新德育载体、以文化人、以德润心、服务高水平校园文化建设，面向社会、弘扬雷锋精神、传承中华美德、践行社会主义核心价值观为3项目标。

二、实施方法与过程

通过“找故事—写故事—讲故事—传故事”，大学生主动发掘、讲述、感悟、传递身边的真善美。

（一）找故事，将焦点锁定“身边”

如何搜集故事素材、选择人物？自2013年起，在“新雷锋”导师党的十八大代表房玫、“中国青年五四奖章”获得者吴青山、中国好人榜“敬业奉献好人”路丙辉等人的具体指导下，来自学校各个学院、不同专业的学生组成了宣讲团，他们将视线聚焦身边，立足校园，走进生活，寻找身边的好故事，为故事的题材广开门路。在高校校园关注典型学子，在各类网站、媒体上寻找雷锋式市民，在街巷邻里间探寻无名好人；从青年志愿者到中国好人、芜湖好人，从安徽师范大学学生到父老乡亲、恩师前辈……身边处处有平凡但却令人感动的那些人、那些事。

（二）写故事，用纸笔勾勒“价值”

如何创作故事？好故事就是要见人、见事、见价值、见精神。宣讲员带着不同的生活体验，为故事文稿的创作各尽所长。从访谈中体悟，他们通过面对面、电话、QQ、微信等方式对“雷锋”及其身边人进行深入访谈；从细处着手，“新雷锋”导师与宣讲员在课余时间一起商讨文稿的体裁，斟酌文稿的字句……三年来，共创作出120个富有温度、高度和生命力的故事，并形成故事库，固化成果。核心价值观的观念在字里行间释放：身患重病的师大学子周琦，用平凡小事照亮奉献之路，从逆境中挣扎启程，用生命去坚守信仰；“我的老爹”，一个老兵，一名中共党员，用寒来暑往的坚守与付出，为村里求学的孩子们铺就了一条通往希望的“良心之路”……

（三）讲故事，让故事敲开“心门”

如何讲好故事？“新雷锋”导师带着宣讲员反复录音、听录音，让表达更贴切，情感更充沛；学校播音主持艺术方面的专家手把手地带宣讲员练习发音、表演基本功，教授如何演绎故事；“你说我写”雷锋故事大赛为活动再添活力……一次次文稿的修改、一场场彩排的演练，最终才能有一个个动人的诉说、一场场精彩的演出。借助暑期社会实践、主题教育活动等省内外平台，宣讲团将讲台搬到了教室、活动室、社区街道、乡镇广场、农家庭院、田间地头……

（四）传故事，借媒体跨越“时空”

如何借全媒体发力？全媒体作为青年人喜爱的易于获取易于接受的形式，其传播模式助力故事走出去、沉下去、融进去。在项目官方微博、微信的文稿和音频分享推送，在空间和日志评论点赞，在校广播台开设新雷锋故事汇专栏……随处可见的正能量，能够唤起青年学生乃至普通市民内心深处的道德追求，让每个人都能成为核心价值观主题教育活动的直接参与者和主持者。

三、主要成效及经验

（一）主要成效

2013—2016年，新雷锋故事汇吸引了1800余名大学生宣讲员，在安徽省内的60多个社区街道（乡镇）相继宣讲了154场次，建立基地9个；项目官方微博、微信阅读转发18944人次，点赞9197人次，线上线下受众达8700余人。活动先后被新华网、中国教育报、安徽日报等多家主流媒体报道。项目依托“新雷锋”平台，荣获2013年教育部第七届高校校园文化建设优秀成果评选三等奖，团队获得2014年安徽省“十佳江淮优秀志愿服务组织”（全省唯一一个高校社团）、2014年安徽省“感动江淮”志愿服务优秀典型（全省唯一一个高校社团）。项目获评安徽师范大学“感动师大”校园精神文明创建十佳事迹。

（二）基本经验

1. 变“中心式”学习为“发散式”传播

三年来，新雷锋故事汇的故事从群众中来，到群众中去。宣讲员在讲述中，借力全媒体平台，实现了故事在不同人群、地域、时空等多方位的传播，提升了故事的影响广度和深度。

2. 变“灌输式”教育为“互动式”宣传

项目利用全媒体平台让受众发声，让听众反馈，实现了学生与“雷锋”的互动、创作与讲述的互动、学生与导师的互动、讲述者与倾听者的互动……全媒体激荡的正能量，影响面颇广。

3. 变“概念式”论道为“融入式”践行

内化于心，外化于行，个人层面的价值实践是核心价值观的红花硕果。项目引导学生以主动思考的方式去主动理解，内化雷锋精神，用雷锋精神解读当代社会现象和身边事例，在现实社会中思考践行雷锋精神，体现雷锋精神的时代内涵，突显雷锋精神是一种具象的精神。

四、下一步加强和改进的计划

项目开展至今，虽取得了阶段性的成效，但仍有很大的发展空间。

（一）下一步加强的计划

1. 推动项目基地建设

在现有规模基础上，继续借助主题教育、社会实践等平台，在校内外建立更多的基地，与现有基地、校内资源加强合作，学校、社会两位一体，遥相呼应，形成整体合力，共同提升项目的容纳能力、参与广度和实际效果。

2. 拓展全媒体传播平台

以现有的项目官方微博、微信为基础，借助校内外相关官方网络平台，通过不断推送故事的文稿、音频、视频，发起相关主题教育活动等，积极构建网络空间平台，实现线上线下双出战，正能量全覆盖。

3. 吸引受众加入宣讲团

在项目实施过程中，逐渐促进受众角色的转变，推进把话筒、舞台屏让给受众，让他们讲故事、说变迁、谈感受，以此真正实现核心价值观的落地生根。

（二）下一步改进的计划

1. 立足内容体系设计，优化工作模式

项目整个工作体系尚不完善。团队将优化工作模式，加强内涵建设。在项目内容上注重层次性，在项目设计上保持传承性，进一步细化宣讲团任务分工，形成长效机制，确保常态化和全程化。

2. 着力评价体系设计，加强监督管理

注重先进个人培养选拔机制的建立，在学生层面发挥以点带面、榜样示范、朋辈自育的引领作用。在项目实施过程中有意识地引入先进个人培养选拔机制，突显朋辈自我教育的引领效力。未来将尝试培训授课、组织管理、考核展示、反馈调研等志愿者激励机制。

解心锁 立心志

——一例学生集体观念淡薄，学习兴趣低下的问题处理

李景玲

一、目的意义

面对学生各类复杂的思想矛盾和具体的实际困难，除了依靠传统的思想政治理论教育手段外，还离不开学生日常思想政治教育。实践表明，只有充分肯定学生思想发展的层次性和个体差异性，尊重学生思想实际，正面应对学生问题，把思想政治教育做到每一个学生的身上，才能切实提高学生思想政治教育的实效性。因此，在开展日常思想政治教育工作中，应加强师生之间、学生之间的沟通和理解，多一些“和风细雨、细致入微”的说服和帮助，及时有效地疏通和引导，让学生真实地感受到学生思想政治教育工作的力量，体会到老师的关爱、同学们的关心、集体的温暖，在解决实际问题的基础上，不断提高学生思想政治教育工作的艺术性。

二、主题

针对日常思想政治教育工作中出现的学生集体观念淡薄、学习兴趣低下等现象，分析原因，寻求解决方案。

三、背景

2014级舞蹈表演专业新生入学后，同学们在各方面都较为积极主动，其中有一名女生引起了我的注意。学生王某（女），2014年夏天通过艺术类考试进入安徽师范大学舞蹈专业学习。高中时，该学生的文化课成绩一般，达不到安徽省普通本科的录取分数线。于是，在考前3个月临时找舞蹈老师进行舞蹈方面的补习，希望通过艺术类考试进入本科院校学习。她从入学后的军训就开始找各种理由表示自己不能参

加军训，流露出了爱美、怕吃苦、觉得军训没必要等想法。通过深入了解，发现该生不仅仅是不愿意参加军训，对于班级的其他活动也是如此。不愿意参加集体活动，认为班级的活动和她没有关系，也不想参加任何评先评优，集体观念淡薄。同时，我发现该生上课时总是坐在后排，低头玩手机，学习兴趣低下。我找到她谈心了解情况时，她明确地向我表示她上大学不过是为了完成父母交代的任务，并不是自己想上的，她对学习舞蹈信心不足，觉得自己和班级其他同学在舞蹈功底上有差距，想转专业。

四、主要问题

通过与该生多次的谈心谈话以及与其家长的沟通，我对该生的家庭环境因素和学习成长经历有了全面的了解，分析出该生存在的主要问题是：

（1）集体观念淡薄。不愿意参加班集体活动，班级班会、中秋节晚会等活动经常缺席。

（2）性格上表现出不合群、孤僻，不愿意主动与他人接触，与寝室同学相处不太融洽。

（3）学习兴趣低下。上课注意力不集中，出现迟到、早退、玩手机等现象。专业基础较差，上课状态不积极，对专业实践课兴趣不高，经常找借口不参加实践课练习。

（4）对自己的未来没有规划。学习没有方向和动力，开学后每天沉迷于吃喝玩乐中，不花心思在学习上，只愿意与“志同道合”的朋友一起玩乐，从未思考过未来的人生方向。

五、解决问题的举措

针对班级王同学在开学初出现的不愿意参加集体活动和学习兴趣低下等现象，在工作中，我按照发现问题、分析问题、解决问题的思路，努力解决学生的思想问题与实际问题。

在工作中主要采取了以下措施：

（一）了解情况，深入分析

任何一个问题的发生不是一蹴而就的，在对该同学的行为特征进行初步了解后，我又联系家长、约谈同学，深入了解其成长经历和性格特点，以便更具针对性地开展工作。

1. 与学生家长取得联系，了解该生的学习、成长历程

首先，我查阅了该生的《入学登记表》，对该生的基本情况有了初步了解。随后我主动与该生的母亲取得了联系，通过沟通后我了解到该生父母离异，由其母独自一人抚养长大，但由于其母长期在外做生意，她从小在外婆身边长大。外婆对她比较娇惯，以致她在生活中比较任性，不愿意听取别人的意见。并且，该生在以前中学学习时，就较少与别人沟通。

2. 与该生的室友及班级同学谈心，了解该生的性格特点及想法

在了解该生的成长历程后，我及时约谈该生同寝室同学，综合多方面了解该生的情况及性格特点。寝室同学反映该同学平时喜欢独处，不愿意和其他同学亲近，总是低头玩手机，性格比较孤僻，作为独生子女的她，在寝室生活方面也表现出自理能力差等特点，不会主动收拾寝室卫生。但该同学对待同学比较真诚，只是不懂得主动与同学交流。

（二）多方协力，稳步解决

1. 主动沟通，管教结合

在了解了她的家庭环境和她的学习、成长经历后，我通过多次与她谈心谈话，告诉她大学与高中的不同之处，耐心地指导她多与老师和同学沟通。同时，我经常与她的母亲及高中的舞蹈老师联系，寻求该生家人和她原先老师的帮助，积极动员他们给予学生鼓励，经常对她进行劝导。另外，我也结合学院其他不遵守纪律学生的处理结果对她进行教育，向她详细地说明学校和学院的学生管理规定，指出其违纪行为。

2. 营造氛围，帮助其融入集体

校园生活中，同学之间的关系是最亲密的。当一位同学出现问题时，身边的同学、朋友的态度也很重要。此时，我积极安排班级学生干部、同寝室同学多方面引导，促使她尽快融入班集体中。班级班长住在该生的隔壁寝室，我重点从班长着手，要求班长主动关心她，跟她多沟通，与她建立良好的友谊。班级也策划一些活动，邀请专业老师对班级全体同学进行户外素质拓展训练，加强团队建设，增强同学们的凝聚力。另外，我要求班干带动她参加其他集体活动。这些举措取得了良好成效。

3. 专业帮扶，指导生涯规划

班级在同学们入学后就及时召开了专业介绍会，邀请了专业负责人及多科专业教师为同学们详细介绍专业特点及专业发展前景，让同学们对本专业有更深入的认识，并产生认同感。会后，我特地与本专业负责人陈老师沟通，向她说明了该生的情况，寻求帮助。陈老师在得知情况后，经常在课堂上关注她，在生活中关心她，与她沟通，介绍专业发展情况和优秀学生的事迹，鼓励她，给予她关心和帮助。通过一段时间的努力，在学校转专业工作期间，该生主动与我联系，向我说明她已与专业老师及班级同学建立了良好的关系，决定在舞蹈专业好好学习。此外，我还积极对同学们进行职业生涯规划的指导，确定学习目标，制订学习计划，并邀请高年级优秀同学做学习经验分享交流，对她进行学业指导，促使她从“要我学”向“我要学”转变，自主产生学习兴趣和动力。

六、主要成效

经过一个学期的努力，王同学在专业课老师的指导和鼓励下，在班级同学的关心和帮助下，各个方面都取得了一定的进步。学习上，她对舞蹈专业有了清晰的认识并坚定地选择了舞蹈之路，学习有了动力，上课状态较好，并再未出现旷课现象，学业成绩相较于入学时有了很大的进步，特别是专业课成绩，由入学时的倒数几位上升为班级中等水平；生活上，与班级同学相处较为融洽，特别是室友反映她较入学时有了很大的改变，在寝室卫生方面能够主动伸手，与寝室同学共同维护寝室环境，在学院卫生评比中，该生所在寝室获得学年优秀寝室称号；在活动方面，她在班级同学的带动下能够主动参加班级、学院以及学校的各项文艺活动，学院的“双迎晚会”中她与专业老师一起同台演出，节目获得全院师生一致好评。

七、分析与启示

这一案例使我深深地体会到，作为一名思想政治教育工作者，和学生应该是平等的，要懂得去包容他们、欣赏他们、理解他们。只有在学生工作中将爱和责任永记心头，常常与学生进行沟通和交流，用心去体贴、感化自己的学生，才能真正成为学生成长过程中的指路明灯。

从以上的案例中，我得出了两点启示：

（一）始终对学生抱有期望，不抛弃、不放弃任何一个“困难”学生

教师的期望对学生的进步会产生很大的作用。在处理王同学的情况时，我开始有意识地向其灌输我对她的期望，平时通过情感、语言和行为感染学生。我会经常找她谈心，安排她和学生干部一起做一些力所能及的事情，使她感受到自己被重视，变得更加自尊、自爱、自信、自强。合情理、有可行性、有挑战性和持久的期望，能帮助学生塑造健康的人格，克服遇到的困难。

（二）用爱创造良好的环境，营造一个充满爱、促进学生健康发展的班级大家庭

辅导员是学生所在班级大家庭的家长，要起到凝聚每位学生、带领学生营造和谐氛围的作用。在工作中，可以通过组织丰富多彩的文化娱乐活动，开展各种形式的教育活动，如组织主题班会、心理健康专题讲座、志愿服务、朋辈辅导等，使学生在活动中培养兴趣、发展特长、陶冶情操、开阔眼界，积极营造一个充满爱、促进学生健康发展的班级大家庭。

爱心、细心、耐心是辅导员应具备的品质，很多学生工作问题的处理对辅导员的个人能力是严峻的考验。因此，在学生工作的路上，我们需要努力前行！

发现“问题学生”问题背后的问题

——由“问题学生”违纪教育谈话引发的思考

张　韬

一、目的意义

“问题学生”是指那些与同年龄段学生相比，由于受到来自家庭、社会、成长环境等不良因素影响及自身劣性因素，从而在思想、认识、心理、行为等方面偏离常态，需要在他人帮助下才能被悦纳的学生。

随着高等教育向大众化教育的转型，高校“问题学生”有逐年上升的趋势。如何有效地做好高校“问题学生”的转化工作，是社会关注的热点，也是高校学生思想政治工作的难点。

针对“问题学生”存在的问题，一些学生工作者往往就问题谈问题，没能探析产生问题的根源，治标不治本，教育效果缺乏长效性。

培养发现问题背后的问题的能力聚焦在辅导员综合素养和思维习惯的养成上，这是提升辅导员职业素养的必然要求，也是践行“三严三实”的必然要求。

二、主题

日常思想政治教育：发现“问题学生”问题背后的问题。

三、背景

我院2013级设计专业女学生小王，1994年出生，农村家庭。父亲常年在外帮人种田；母亲文化程度不高，在家务农；小王姐弟三人，在家她是长女。母亲受农村传统观念的影响，偏爱她的弟弟。父爱的缺失，母亲的偏爱，使她从小性格较为偏执，上了初中便沉溺于网络，并沾染了抽烟、喝酒等不良习惯。

进入大学后，由于性格较为偏执，言语粗鲁，加之抽烟、喝酒的恶习，在生活中几乎没有朋友。晚上常出没于网吧，有晚归、不归现象，且经常在课堂上睡觉。在老师和同学的眼中，小王是个典型的“问题学生”。

辅导员老师多次找她谈话，她也多次写过保证书，下决心戒掉网瘾，但收效甚微。辅导员也多次和其家长电话联系，其父母均表示管不了她，一切随她自己。

四、案例概述

2015年11月29日下午，班级考勤人员发现小王没来上课，手机处于关机状态，但QQ处于在线状态，判断她又去网吧打游戏了。辅导员发出多条联系信息也不回复，遂带领班级干部在周边网吧逐一查找，最终在一家网吧里找到了她。因其多次旷课和晚归，我约她进行了谈话，谈话进行了近3个小时。以下是谈话摘要：

张：小王，你好！我是学院党委副书记，分管学生工作。我看了你的相关信息，按年龄，你可以叫我叔叔。希望你不要拘谨，想说什么就说什么，好吗？（小王点头默认）

我从辅导员老师那里了解到你和同学关系不是非常融洽，你能和我说说原因吗？

王：张老师，你要讲什么我都知道，辅导员不知找我谈了多少次了，我父母也经常打电话骂我，我就是管不住自己，我是破罐子破摔，您别耽误时间了。

张：小王，你自认为是破罐子，但是你没有发现破罐子也有美的地方吗？你是美术专业的学生，你见过维纳斯雕像吗？她残缺的肢体是留下空间让审美者用自己的心灵和感受去填补空白，这就是断臂所带来的残缺之美的妙处。

小王，你只看到了自己不足的地方，就自暴自弃。可是你没发现自己的优点吗？我听任课老师说，你专业能力很强，设计思维独特。我也听你的同学说，你有时也很“仗义”，在同学有困难的时候，你也会主动关心帮助他们。这些优点和你暂时的缺点组成了你认为的破罐子，难道你想把这些优点和你认为的破罐子一起摔掉吗？

王：没想到老师对我还比较了解，很久没有人这么和我说话了。我父母、老师和同学都不理解和尊重我。

张：首先，理解是相互的。请问你真的理解你父母和身边的同学吗？正如高尔基说的，如果人们不会互相理解，那么他们怎么能学会默默地互相尊重。

另外，你觉得父母对你的关心少，可是你想没想过你父亲为什么背井离乡常年在外为别人种田？你再看看你的母亲，繁重的农活和家务，已经让她累得直不起腰来。如果换成你，面对叛逆的孩子，你会有多大的耐心呢？

你的室友也和我谈过一件事情，有一次你半夜发烧，是室友用自行车把你送到医院。而当你室友身体不舒服请你帮她买份饭，你却找理由推脱了。你现在想想，这样对吗？

我们要学会站在对方的角度，设身处地考虑对方感受，不能一味地要求别人。

王：老师，我有时考虑不了这么多问题。其实我旷课或晚归上网吧的原因是和国外的网友谈心，他们很关心我，他们让我感受到没有体验过的温暖。因为时差的原因，所以我经常旷课或晚归。

张：我不否认你和网友之间的友谊，但真正的友谊是建立在相互理解、相互支持基础上的。你为了维系所谓的友谊宁可违反校规校纪，他们为什么不愿意在你空闲时间交流呢？为什么一味让你牺牲你的上课或休息时间？你认为这是真正的友谊吗？

你和网友的友谊是建立在虚幻的网络世界里的。我认为他们给你所谓的关心更多的是顺从你的看法，给予肯定甚至纵容，所以你认为他们关心你。而父母、老师和同学给你的爱和关心是实实在在的，没有完全顺从你，所以你觉得听不惯，甚至反感。俗话说“良药苦口利于病，忠言逆耳利于行”，到底谁是真正关心、关爱你的人，你应该清楚了吧？

王：其实我有时也不想去网吧，可一想到同学冷冷的眼光，我就不想回寝室，也不想上课。

张：据我了解，刚进校的时候你和同学之间关系非常融洽。可是时间一长，你的缺点就暴露出来了，如在寝室抽烟、喝酒、讲脏话，玩游戏的时候音响声音很大。加上你听不进去别人的劝说，有时还动粗。这样小的问题越积越多，最后成为难以调和的矛盾。

没有一个人尊重不自重的人，没有一个人信任他所不信任的人。这也是你朋友越来越少的主要原因。随着朋友的减少，你就和集体越来越远，越来越感受不到集体的温暖。

王：谢谢老师指出我的缺点和问题的症结。可是，同学们还会把我当成朋友吗？

张：我记得初中语文有篇《周处除三害》的文章，为祸乡里的周处，他找到陆云说想要改正错误，可又担心自己年岁太大。陆云劝他说，“朝闻道，夕死足矣”，人就害怕立不下志向，只要能立志，又何必担忧好名声不能显露呢？周处听后就改过自新，最终成为一代名臣。

你想，你的问题还有周处严重吗？只要你下决心改，学会宽容、学会自制、学会站在对方角度考虑问题，发挥自己的优势，我相信，你的朋友会越来越多，大家对你的评价也会越来越好。

王：老师，我认识到问题主要还在我，我会少去网吧，就像你抽烟一样，不可能一下戒掉。

张：要有和过去说再见的勇气，如果还给自己留有缓冲的时间和借口，你永远无法告别过去的你。小王，老师和你定个“君子协议”，你从今天开始不要再去网吧，我从现在开始不再抽烟，我们互相监督，好吗？

王：老师，那从现在开始遵守我们的约定吧。

五、思路、方法和举措

和“问题学生”谈话首先要对“问题学生”的家庭背景、成长环境、在校表现、存在的问题做好分析，并通过其同学、室友、任课教师等充分了解和掌握他们的日常表现、兴趣爱好、人际交往范围等。

（一）摸清情况，分析表征

人之初，性本善。每个人不是生来就有问题，我们要从外在因素和其外在表征做好调查分析，找出导致其产生问题的根源。

（二）以诚感人，爱心抚慰

能赢得学生的信任，辅导员工作就成功了一半，而爱心是赢得信任的钥匙。在和“问题学生”谈话时辅导员不要居高临下，先抛开他所犯的错误，站在和学生同发展的角度，让学生能感受到你的真情、温情，从掌握的外围情况入手，由表及里，逐一分析。

（三）查摆问题，找出症结

“问题学生”可能存在的问题很多，他们所犯错误或存在问题的根源往往不是表象所能反映的。就像小王同学老是旷课、晚归，她的问题根源是人际交往困难、缺少关心关爱。在谈心谈话中，要善于从表象中找出问题的根源，这样才能真正地对症下药。

（四）指明方向，树立信心

“问题学生”往往缺乏明确的人生规划，对自己丧失信心。要善于发现他们的优点并给予肯定，培养他们的自信心。

六、主要成效

从谈话过程和小王同学在谈话后的表现来看，此次谈话取得了一定的效果。在谈话中，小王同学多次流泪，对家人亲情、同学友情的漠视和冷淡表示后悔，并愿意主动改正（后期辅导员与其家长联系时，其父母很惊讶地表示小王同学主动给家里打了电话，同学也反映小王能按时上课了）。在分析其优势后，她对未来又充满了信心。

七、分析与启示

（一）案例分析

1.家庭环境对学生成长的影响

有的家长忙于生计，加之受文化程度限制，不懂得经营家庭的技巧。当下部分留守儿童，由于长期感受不到完整家庭的温暖，对他们成长也造成一定的心理影响，容易产生不良的性格倾向。

2. 人际交往能力对学生的影响

在此案例中，由于小王交往能力较弱，无法正确表达自己内心观点，和同学、老师、父母缺乏沟通，造成矛盾越积越深，也使得她离家庭和班集体越来越远。

3. 学生情感寄托对行为的影响

由于和家庭、同学之间关系紧张，小王感受不到来自家庭和集体的温暖，进而沉溺于网络世界宣泄内心苦闷和压力。

4. 自控力在学习生涯中的影响

小王的自控力弱，喜欢给纵容找借口。但这时，如果找不到问题的根源，一味地指责批评，反而容易把“问题学生”推到教育目标的反面。

（二）案例启示

从这一案例可以看到，即使是“问题学生”，他们身上也有闪光点，辅导员只有深入细致地工作，才能发现“问题学生”问题背后的问题，对症下药，才能打开“问题学生”的心结，也才能真正实现“问题学生”的转化。针对“问题学生”，辅导员要克服以下几种心理：

1. 厌弃心理

学校为学生而办，学生为学习而来，所以不能轻易放弃一个学生。每个学生的情况是不一样的，针对每个学生的引导方法都应不一样，所以要认真研究每位学生的性格特点，才能找到解决问题的方法。

2. 定型心理

虽然大学生的人生观和价值观已初步成型，但仍具有一定的可塑性。所以，要善于发现“问题学生”的优点，要关注他们的每一个闪光点，每一个细小的进步；在表扬他们优点的同时，提出他们身上的一些缺点，使他们树立“我也很优秀”的观念，增强他们的自信心。

3. 急躁心理

首先要做好这样的思想准备——“问题学生”的转化是一个长期的、反复的过程。辅导员应保持冷静和理智的态度，否则会失去耐心。揭老底、算总账，全盘否定他们的进步，这样做的结果只能使学生和老师完全处于对立的状态。

4.偏见心理

辅导员对“问题学生”出现认识上的片面性，在工作中会出现偏激的行为，不给“问题学生”承认和改正的机会，进而伤害他们的自尊心，使得老师和他们的距离更远。

八、有待探讨的问题

“问题学生”的问题成因是多元因素造成的，如何构建学校、家庭、社会、集体多层次、多平台的合力育人机制是解决问题的关键点，也是问题的难点。如何发现“问题学生”的“闪光点”，建立科学的、多元化的评价机制；如何构建辅导员知识体系，使得我们在解决问题学生的问题时有一个全面、公正、公平的态度和一个恰当、有益、有效的方法；我们处理问题的初衷和结果是否能达成一致；能否从表面问题发现问题背后的问题；这些都对我们的学生工作者提出了较高的要求。

关注青年成长，让信仰点亮人生

——"核心价值观引领"教育活动培养"四有"型学生

郁　悦

一、目的意义

为深入学习习近平总书记系列讲话重要精神，积极践行社会主义核心价值观，我在班级打造"关注青年成长，让信仰点亮人生"系列教育活动，紧扣改革发展和学生思想实际，引导青年学生自觉向上、向善，树立正确的世界观、人生观、价值观，培养有担当、有思想、有人文、有情感的新时代大学生。

二、主题

针对当今大学生的群体特点，创新思想政治育人载体，依托"对话青年""真人图书馆""线上学习工作墙"系列教育活动，对青年学生进行核心价值观引领，打造"三个一"学生发展平台，即人才培养讲坛、学生互动社区、资源共享"朋友圈"，着力培养有担当、有思想、有人文、有情感的"四有"型学生。

三、背景

新形势下，党和政府对青年成长提出了更高的要求。对高校工作者来说，引导青年树立社会主义核心价值观，帮助其扣好"人生的第一粒扣子"，成为思想政治教育工作的重要一环。而面对教育对象和教育环境的变化，必然要求教育工作者转变、创新教育形式，以青年喜闻乐见的形式搭建平等对话的平台，帮助他们加强自身理论自信、发展自信和专业自信的建设；同时需要意识到文化反哺在学生自我教育中发挥的重要作用，充分尊重学生的主体地位，帮助青年学生更好发挥"三自"功能。考虑到主题班会、面对面约谈、集体辅导等教育形式在核心价值观引领中的效能体现还有待进一步增强，本案例是对育人形式的一种新尝试，也是我们学生工作者可以着力的一个突破口。

四、主要问题

（一）教育形式单一化

单向度的教育形式使得高校学生接受思想政治教育成为被动的聆听而不是主动的体会实践，教育过程中缺乏良性互动和朋辈教育的影响。因此在继承传统教育的育人成果下，需要学生工作者结合新形势开展思想政治教育工作，创新教育形式载体，从单一走向多元。

（二）教育对象的价值观树立需要引导

随着全球化的深入，尤其是互联网时代的到来，我们的教育对象正经历着一场巨大的多元价值观冲击。而在构建最初人生观和世界观的关键节点，大学对学生核心价值观的引导、培养应当是首位的，且应该是贯穿日常思想政治教育主线的内容。

（三）教学管一体化改革需进一步推进

全员育人、全过程育人、全方位育人是高校学生工作的发展方向，教学管一体化改革势在必行。从单兵到共同体的协同育人格局尚未形成，必须不断延伸和拓展教育工作领域，一方面着力推进思想政治教育入脑、入心，一方面着力推进学生自我教育、自我管理与自我服务功能的发挥。

五、解决问题的思路和举措

（一）解决问题的思路

紧扣学生思想实际，在充分调研的基础上发现学生群体中普遍存在的问题和典型案例，真正让思想政治教育工作贴近学生的需求。围绕核心价值观引领这一根本目的，探索出了“3334”的工作思路：通过“对话青年”“真人图书馆”“线上学习工作墙”三项教育活动，打造人才培养讲坛、学生互动社区、资源共享“朋友圈”这“三个一”

学生发展平台，帮助学生建立理论自信、发展自信、专业自信这“三个自信”，着力培养有担当、有思想、有人文、有情感的“四有”型学生。

（二）具体举措

1.“对话青年”，培养理论自信

结合学院党校、学生干部培训班等，搭建人才培养平台。通过问卷调查、走访谈心、主题班会、团体辅导等活动形式，提前征集青年学生急需解决的困惑与问题，借助重大主题教育节点，以座谈会、沙龙、讲座、培训班等形式对学生进行润物细无声的思想引领。每期选定一个活动主题，由一名老师和一名学生以对话的形式开讲，参与者广泛进行思想交锋与交流，让受众学生真正做到“真学真懂真信”。已先后举行了“一带一路下的中国改革”“核心价值观如何引领社会”“青年为什么要读马克思”等专题活动，将先进理论与时下热点事件相结合，将自身与国情、社情相联系，培养学生的责任担当意识，从而在活动中自觉加深理论自信。而师生对话的形式让学生不仅有机会更好地思考、表达自己的观点，也可以借助平等对话的平台增进师生情感，提升教育成效。

2. 真人图书馆，培养发展自信

借助朋辈作用和身边典型的挖掘，该活动以“读有故事的人，阅会行走的书”为口号，以院资料阅览室为固定场所，以生生对话为主要形式，搭建学生互动社区。活动通过借阅真人故事以获得更多体验与认知。学生制作了借阅卡、故事墙，用阅读身边人的方式进行交流、学习，从他人身上体悟真、善、美，努力做有人文情怀的学生。该项活动旨在充分发挥朋辈教育，从身边的真人真事中学习，更有贴近感，也更容易接受，是另一种形式的思想启迪。每次活动都通过投票选择同学们最想借阅的故事，再由被借阅者分享自己的故事。《艺考的辛酸史》《不要让亲情变成等待》《成长这些年》《和爸爸没话说》《唱歌的人不要流眼泪》《傻孩子》等一系列真人故事，展现在每一位阅读者的面前，直击人心，讲述者和听众更容易引起共鸣。该活动话题主要涉及学生的大学生活层面，充分发挥学生的主体作用，实现自我教育的目的。学生在准备讲稿和讲述分享中，也是对学生语言表达能力、逻辑思维能力、写作能力等综合素质的提升；而对大学生活的反思不仅可以影响听众，也能帮助学生自身建立自信。

3. “线上学习工作墙”，培养专业自信

自大二起，四个专业学生分别在QQ、微博、微信上开设“13新闻广播学习工作墙”，搭建资源共享的“朋友圈”。两年的时间，他们累计借助该平台发布了42场线下学术交流活动，分享了500G的学习资源，话题关注量达数十万。作为线下学习的补充，这个平台依靠学生自我运营管理，立足于学生需求实际，借助全媒体传播模式展示各班级学习成果和学子风采，不仅是大学四年班级建设的见证录，更是培养学生专业自信的有益尝试。从职业面试技巧到本科生论文撰写规范，从新闻传播类经典书目推荐到TED演讲分享，线上营造的不仅是生活化的“朋友圈”，更是分享学术见解、资源共享的“朋友圈”。

六、主要成效

（一）从群体来看，四个班级建设成效各有特色

两年的教育实践，“核心价值观引领”系列教育活动在班级建设上收获了较好成效。其中，2013级文化产业管理专业获评校“十佳班集体”，四个班级有三个班级均获得校优秀团支部，四六级通过率、素拓满分率、党员人数等各项均位于同年级前列，累计获得各类国家、省市级奖项200余项。每个专业都有各自的品牌活动，其中新闻专业的“记者礼赞”已纳入学院素拓规划，播音专业“慰问抗战老兵”、文管专业“徽商博物馆”志愿讲解等公益服务活动均已常态化，广告专业进一步继承和创新爱心中转站获评第十三届校“感动师大”校园精神文明创建十佳事迹。

（二）从个人来看，培养了一批活跃于校园的先进典型

四个专业涌现的先进典型是自新传学院成立以来的最高峰，从一定程度上显示了该项教育活动的探索尝试是有成效的。两年来，产生了一名校会主席、三名院会主席、一名学工助理副总队长、校“十佳

大学生”提名奖获得者、校“自强之星”等一批优秀典型，学生在各大型晚会、颁奖典礼上发光发彩，在典型选树上收获了较好的实效。

七、分析和启示

活动虽取得了一定的成效，但在执行过程中也受到很多因素的限制，工作中的一些经验和教训值得深入探讨：

（一）核心在于立足学生实际

只有立足于学生自身发展需要，紧扣改革发展实际和学生思想实际，才能得到学生的认同。因此，前期在学生群体中的充分调研非常有必要，而对一些潜在问题的探究和关注更需要辅导员本人用心、细心。所以，立足学生实际是思想政治教育工作中所面临的核心问题。

（二）重点在于价值观内化与自我教育

育人载体的创新并不直接意味着育人效果的提升，核心价值观的引领与培育需要帮助学生建立理论自信、专业自信和发展自信，而这三种自信的建立才能真正将思想政治教育入脑、入心。此案例在探索中的重点、难点在于如何实现价值观的内化，进而影响学生的行为与选择。同时，如何依托系列教育活动帮助学生逐步走向自我教育，有待进一步探索。

（三）关键在于核心价值观引领的系统化和常态化

在日常的思想政治教育中，对核心价值观引领的教育思路与方法提炼是较为欠缺的，而该案例的尝试与探索需要走向系统化和常态化。因此，只有当学生工作者真正重视核心价值观在育人环节和内容中的重要作用，并将其融入日常思想政治教育工作中来，而非走脱离日常思想政治教育的“两张皮”道路，活动的成效才能显示出来。

八、有待探讨的问题

（一）如何创新活动形式

教育对象的变化本身对教育工作者提出了更多的挑战，如何调整工作方法和工作形式，如何创新团学活动的载体和形式，如何真正将有意义的活动做得更有意思，都是现阶段该项活动有待深入研究和探讨的问题。只有真正将教育对象转变为教育力量，我们的活动才是真正有成效的。

（二）如何选择活动内容

从研究需求到创造需求，每期活动内容的选择直接决定了活动成效。因此，该活动需要着力解决的是自下而上的需求征集中如何真正做到精准和全覆盖，尤其是遵循教育规律和学生成长规律，结合学生专业特点，真正做到“三贴近”。

（三）如何固化活动成果

在活动开展中，我明显感觉到学生的档案留存意识和活动成果固化意识不够强。尤其是面对面性质的交流项目，座谈的记录、讲稿的整理、参与学生的心得感悟，应当定期做好材料汇编并留存；同时应该借该项活动建立一个跟踪反馈机制，作为学生动态档案管理的一个组成部分，不断完善、调整和更新。

一例身患疾病毕业班学生的危机处理事件

马　兴

让每一个带着梦想走进大学的学生，能充分体验大学生活，找到理想的工作，是辅导员工作的基本要求，更是辅导员职业价值的体现。因此，帮助每一个毕业班的学生顺利毕业，找到合适的工作尤显重要，特别是对于有些身患疾病的学生来说，可能更是“雪中送炭”。所以，辅导员应坚持不抛弃、不放弃，勇担责任，帮助每一个毕业班学生找到自己的好“归宿”。

一、背景

2009年5月，正临近我所带的第一届学生毕业，毕业班的工作繁杂，而我却经常接到保卫处或学生的电话，说学生熊同学因癫痫病发作晕倒在浴室或宿舍。学院得知后，认为此事关系重大，因毕业班少有同学在学校或宿舍里，担心熊同学一个人如果在宿舍发病，不易被同学发现，如耽误病情，后果不堪设想，建议请家长带回家中疗养。我与学生沟通后，学生不愿回家，因其唯一的亲人父亲在外地打工，回家也是一人独守。我亦纠结不定，一方面担心其在学校独自发病，发生安全问题；另一方面，我也了解该学生家庭情况特殊，回家不仅无人照管，而且因家中网络不通导致就业信息不畅通，如果任由其回家静养，可能错过就业机会，后期就业困难，这对这个学生的家庭来说可能是“雪上加霜”。我将这些想法与学院沟通后，考虑到其家庭以及该生的实际情况，决定让熊同学留校直至毕业。

二、主要问题

熊同学时发癫痫病，因是毕业班学生，同寝室少有同学在校，如果没有人照管，容易引发安全问题。

如果让熊同学回家，家中无人照看，且家中条件有限，无网络资源，就业信息不畅，易造成就业困难。

三、解决问题的方法和举措

基于熊同学的情况，本着“以生为本，助生圆梦”的理念，我们重点考虑了以下几个问题：

（1）回家和留校，何种选择对熊同学来说更好？

熊同学大三时母亲因医疗事故去世，父亲独自在外打工，老家无任何亲人，熊同学即使回家也无人照看。因此，在征得学院同意后，我们认为将熊同学继续留在学校更好，当然这需要征得其家长的同意。

（2）是否要告之学生的家长？

家长是学生工作不可或缺的资源，尤其熊同学这种情况，通报家长是保证工作顺利开展的有力保障。所以，我们也在第一时间请来了该生的家长，将熊同学的具体情况告之，询问家长是否有意愿，赢得了家长的信任与支持。该生的父亲也无可奈何，心痛地告诉我们他现在在工地打工，吃住都在工地，孩子跟着他也无法保障他的安全，他希望学校能帮帮孩子，帮帮他的家。最终在家长承诺下，我们决定将熊同学留在学校。

（3）熊同学留校的安全如何保证？

确保熊同学在校期间的安全，是工作的最低要求。因此，我们发动了班级学生干部及党员同学成立帮困小组，对其进行24小时的看护，一旦发病立即报告。现在想来，我非常感谢那些帮我监护熊同学的学生们，是他们促成了熊同学的平安毕业与顺利就业。所以，辅导员也要善于发动学生群体的力量，减轻工作压力。

（4）熊同学毕业后怎么办？

我们工作的底线是确保学生安全，顺利毕业，所以在做好熊同学在校期间的日常监护工作的同时，我们也在思索熊同学的就业问题。

（5）什么样的工作适合熊同学？

在能保证熊同学顺利毕业的情况下，如果能够帮他找到合适的工作，也算是“功德圆满”。所以，我们也在思索什么样的工作适合熊同学，以熊同学的现状，第一，他不适合出校找工作；第二，销售业务类、需要跑市场类的工作不适合他做，因为癫痫病人不能太劳累。基于此，我们建议其备考特岗教师，并为其提供了参考书目，让他每天定时到办公室自习看书。最终他考上了望江某所中学的特岗教师。

四、主要成效

世上无难事，只怕有心人。在学校、学院以及学生的共同帮助下，我们一起保证了这名同学在毕业前没有发生任何安全问题，确保了文明离校工作的顺利完成；帮助引导这名同学找到了适合的就业方向，最终在大家的帮助和自己的努力下，成功考取了望江县的特岗教师。

五、分析和启示

第一，学生的安全稳定是辅导员工作的生命线，确保熊同学安全离校是工作的最低要求。因此，案例中首要解决的是如何保障熊同学的安全问题。这时家长的知情与支持是第一位的，因此要征得家长的同意和保证。这并不是为了推脱责任，而是赢得家长的支持与帮助，同时也是为了让家长全面了解我们的工作，增强对我们工作的信任，提升工作的效率。

第二，辅导员并不是单兵作战的个体。工作中，要善于调动各方资源，充分发挥全员育人的作用，有组织有计划地进行思想政治教育工作。这样，也能起到事半功倍的效果。案例中，学院、学生干部、党员同学对熊同学的关心与帮助，对于熊同学的顺利毕业有不可或缺的作用。

第三，有针对性地做好特殊学生的职业引导。顺利就业应该是大学生毕业时最大的梦想，因此，只有在深入了解学生思想动态和实际情况的基础上，才能给予学生恰当的就业指导。鉴于案例学生的特殊情况，辅导员建议他备考特岗教师，并为其提供了参考书目，让他每天定时到办公室来上自习看书，有效地监控了病情，保证了复习的效果。

打好“大学”牌，系好“人生扣”

——政治学院扎实推进新生适应性教育

周　楠

为帮助新生尽快适应大学生活，针对他们在学习、生活、人际交往、社会工作等方面存在的困惑，开展主题教育和主题活动，引导广大新生融入大学生活。

一、主题

以新生适应性教育为主题，以“大学系列”讲座为方式，扎实推进新生适应性教育，帮助新生系好“人生第一粒扣子”，引导新生以饱满的精神状态更好更快地适应大学生活。

二、主要问题

新生适应性教育面临的问题是多方面的、多角度的、多层面的，具体如下：

（一）教育方案宏观，需细致入微

学校学生工作主管部门每年都会下发统一的《新生思想政治专题教育指导性方案》，学院需要根据该方案和学院人才培养方案和专业特色，制定本院具体的实施方案，做到教育方案的微观化、具体化，提高执行的可行性。

（二）教育内容单一，需丰富多彩

教育内容不能过于单一，要涉及适应性教育的方方面面，包括爱国主义教育、党团教育、校规校纪教育、学风教育、社会主义核心价值观教育等，做到内容的丰富化，便于学生接受。

（三）教育主体一元，需多元参与

教育的主体不能仅仅局限于学校统一安排的集体报告，还需要结合专业实际，邀请知名学者、专家教授、专业教师为学生做相关专题的辅导，增加可信度，强化说服力；邀请优秀毕业生分享青春故事，与新生成长对话，突显朋辈教育的价值。

三、项目思路及实施过程

（一）项目思路

围绕文明礼仪、生涯规划、爱校荣校、人际沟通、情感经营、学风建设、朋辈教育等内容，以模块化指导为形式，政治学院高度重视新生适应性教育，党政领导统筹规划，专业老师积极参与，学工队伍认真落实，学生全面配合践行，扎实推进新生适应性教育。

（二）实施过程

1. 加强领导，统筹规划，确保取得教育实效

为做好新生适应性教育，政治学院专门成立了新生适应性教育领导组，由学院党委书记、院长担任组长，分管学生工作的党委副书记担任副组长，其他党政领导班子成员、辅导员、班主任担任成员。围绕文明礼仪、生涯规划、爱校荣校、人际沟通、情感经营、学风建设、朋辈教育等内容，学院还专门召开了新生适应性教育工作会议，对新生适应性教育工作进行了详细、周密安排。

2. 凝聚合力，全员参与，营造全员育人环境

学院充分发挥专业教师、高年级优秀学生的育人作用，全程指导、参与新生适应性教育的各项工作。专业教师以多种方式深入学生中间，先后邀请戴兆国教授讲授“大学之礼”、余在海副教授讲授“大学之问”，华东师范大学博士生导师潘德荣讲授“大学理念”，路丙辉教授讲授“大学之友”，赵平教授讲授“大学之爱”，张正光教授讲授“大学之学”；高年级优秀学生按照“帮助一名同学、负责一个寝室、联系一批同学”的要求，积极与新生宿舍结对，向学弟、学妹回顾自己的“大学印迹”，推进朋辈教育、树立成长榜样。

3. 抓住契机，深化服务，解决新生实际困难

辅导员、班主任经常深入学生当中，指导学生的学习和生活，扎实做好新生的各项服务工作，全方位、多渠道为学生解决实际困难。辅导员设计召开了新生家长会、新生代表座谈会、新老生经验交流会，认真倾听新生入校后的切身感受和体会，听取并解答新生普遍关注的问题，如所学专业未来发展方向、就业前景、课程设置、第二课堂等，以及对学院教学、管理和服务等方面提出的意见和建议，开展广泛的谈心谈话，了解并帮助新生解决面临的困难。

四、成效与收获

（一）适应能力明显增强，逐渐融入大学生活

学生由刚入学时的不知所措、茫然无知向坦然从容、积极进取转变，实现了由高中生向大学生的角色转换，逐渐融入大学生活。

（二）纪律观念深入人心，规矩意识外化于行

通过文明礼仪教育、校规校纪教育、考风考纪教育，学生的纪律观念内化于心，规矩意识外化于行，班级无一人违反校规校纪，保持零纪录。

（三）专业思想逐渐牢固，突显学风浓、班风正

学生对本专业的课程设置、师资力量、就业前景有了充分的认识，逐渐端正专业思想，呈现出学风浓、班风正的良好气象，保持零作弊。

五、分析与启示

（一）注重方案的具体化，提高方案落实的可行性

根据专业特点和新生实际，将宏观的方案转化为具体的实施计划，体现矛盾普遍性和特殊性的统一，这样做有助于提高方案落实的可行性。

（二）充分整合教育资源，发挥专业老师育人功效

辅导员在大学生的成长过程中起着特殊的作用，但是辅导员不是万能的，不可能所有的事情辅导员都亲力亲为。作为辅导员，要发挥各方的能动性，充分整合教育资源，发挥专业老师育人功效。

（三）切实做到以生为本，畅通学生意见表达渠道

不管是教育方案的设计、教育内容的确定，还是教育过程的实施，都要听取学生意见。通过学生信息的反馈，提高教育的实效性，切实解决新生实际困难。

六、有待探讨的问题

按照学院新生适应性教育工作总体安排，新生适应性教育持续一学年，而对新生的全面深入教育工作需要贯穿整个大学。为做好下一步工作，学院将着重进行以下问题的探讨。

（一）进一步拓展入学教育深度

学院将注重教师引导和朋辈教育的结合，注重日常教育和生活关怀的结合，不断丰富教育载体、创新教育形式，做好宣传引导，关怀学生身心健康，统筹做好新生的各项教育工作，确保教育工作落到实处、取得实效。

（二）进一步加强师生之间的交流

学院将加大力度构建师生交流平台，开展多种形式的讲座、交流会，邀请名师大家，解答学生疑惑，引导学生健康发展，并且务必落实到位、力求实效。

第二篇

党团和班级建设

依托"半月谈",扎实推进"双百计划"

——学院入党积极分子创新培养工作案例

龚　伟

一、目的意义

中共中央国务院《关于进一步加强和改进大学生思想政治教育的意见》中明确指出："对入党积极分子要注重早期培养，加强制度建设，严格发展程序，进行系统的党的知识教育和实践锻炼。"《高等学校辅导员职业能力标准（暂行）》在有关辅导员的"专业知识"上专门纳入"党团"内容。这为我们全面有效地实施学生党员发展与培养工作指明了方向等。然而，实际工作中在学员质量、培训内容、培训形式、师资队伍和考评项目等方面存在一些问题，入党积极分子培养成效较难达到预期的效果。因此，从源头上把握学员的质量，创新培养模式就成为现阶段加强大学生党建工作的重要内容。

二、主题

依托"半月谈"，扎实推进"双百计划"（百时理论学习，百时社会实践），将党的知识理论与社会实践服务相结合，创新入党积极分子培养模式，实现培养的模式化、高效化、品牌化。

三、背景

工作以来，笔者发现除了在党校集中学习和实践之外，学生很少会进一步深入学习党的相关知识加以反思并形成学习成果。党课内容难以"内化于心，外化于行"，实践中的认知与感悟也很少通过理论心得和实践总结加以固化，这无疑是一个巨大损失。为此，从2012年上半年开始，笔者在2010级12名学生党员中开展民主座谈会——"半月谈"活动，并连续举办了8期，经由该项活动发展的党员数也上升至

43人。为适应新形势下党员发展要求，2014年该项活动实施试点改革，并创新落实了“双百计划”，而且在入党积极分子的培养上初见成效。

四、工作中发现的问题

（一）选拔标准较为模糊，出现了“流水兵”

由于没有制定相对科学的选拔标准，对于进入“半月谈”的学生未能严格管控，在选拔考核上未做认真准备，随着活动的开展，一部分“浑水摸鱼”的学生逐渐丧失“兴趣”，陆续出现了学生流失现象。

（二）内容形式相对单一，降低了“兴趣度”

“半月谈”最早是根据时事热点选择主题，由笔者带领大家集中学习，并结合一些经典文献或政策文件进行讨论，但由于形式较为单一，内容比较枯燥，学生的兴趣度逐渐下降。与此同时，实践学习的活动未能和学校党校的相关活动区别开来，主要集中于志愿服务或者参观活动，效果不佳。

（三）理论实践难以定量，弱化了“实效性”

随着活动的深入，对于理论学习和实践学习的量化要求逐渐突显，由于没有形成相对规范的要求，无法在学生中进行横向和纵向比较。学生积极性下降，缺乏动力，且评价标准不科学、完善，入党积极分子培养实效性逐渐降低。

（四）活动总结不及时，缺少“新成果”

由于是首次尝试此项活动，前期未能将材料及时、有效整理，导致除了零散的思想汇报之外，理论学习总结、PPT汇报、学习心得、实践感悟均未有效留存，难得的讲座和团辅活动也没有留下策划方案和图文、视频材料，成果较少。

五、解决思路与对策

通过强化准入准出机制，创新理论、实践活动形式，严格实施

"双百计划"，将最终活动成果有效固化下来，在入党积极分子培养上加大力度。

（一）严格控制人数，保障"双百计划"人员质量

加强准入和准出人员的审核。一方面加强新的入党积极分子的再发展；另一方面对提出离开"半月谈"的同学进行再教育，与其中能力突出，但入党意愿尚不坚定的同学开展"一对一"谈话，鼓励他们坚定目标留下来。对于动机不纯、学习态度不认真的同学则予以教育引导，情况未能改观的同学进行劝退。截至目前"半月谈"学生稳定在47人，既确保了数量，更保证了质量。

（二）打造特色项目，创新"双百计划"内容形式

按照专业特点进行人员分组，完善活动材料，建立理论学习资料库，除PPT汇报外，还使用视频学习、互动游戏、小品等形式。同时，实践活动不再局限于少数几个参观场所，还聚焦校园动态，进行现场教育。例如组织学前教育专业学生开展剪纸作品义卖活动，为贫困学生募集生活费，活动结束后在现场进行交流讨论，思考存在的问题，总结取得的收获，并就大学生党员应该如何发挥自己的先锋模范作用进行了20分钟的交流，在实践中加深了学生对于党员责任感和荣誉感的认知。

（三）强化规范意识，落实"双百计划"量化标准

制定相对完善的理论学习表、实践学习表以及会议记录表，规范实施"双百计划"。例如参观南京大屠杀纪念馆，实施"一观一评"活动；寒假开设了"五个一"工程，即"一本红色书籍""一次志愿服务""一篇学习心得""一篇教育文件"。理论学习与实践学习分别以2小时和3小时为准，每学期考核，入党前与入党后按照6：4比例进行统筹安排，保证每一次活动有章可循，有据可查，尤其是实践服务活动，要求学生提供证明性材料（签章或者证明信）。

（四）注重总结交流，固化“双百计划”活动成果

安排学生骨干作为负责人做好材料准备、活动记录以及活动总结工作，确定格式规范，形成了一批纸质和电子材料。通过撰写心得体会，学生的总结归纳和理论学习水平逐步提升，部分学生撰写新闻稿的能力大大提高。除此之外，笔者开始加强网络平台的交流和学习工作，开设专门的微博平台和QQ空间平台，定期传送重要文件和视频、图文材料，并设置不同板块，加强交流学习。

六、主要成效与启示

（一）主要成效

1. 搭建了一个相对全面的学习平台

创建“半月谈”，实施“双百计划”，初步形成了结合专业开展理论学习和实践服务的培养教育模式，在关注学生的教育问题、适应问题和成长问题基础上搭建了育人平台，通过理论学习读本的编辑，实践服务对接单位的联系，以及网络教育平台的拓展，实现品牌化效应。

2. 培养了一批相对成熟的学生骨干

通过参加志愿服务，学生社交能力、应对突发事件能力都得到了提高；通过小组讨论、PPT演讲等工作，学生的归纳整理能力、口语表达能力以及计算机技能也有不同程度的提升；有32名学生综合测评成绩和专业课成绩位于班级前30%，院级以上获奖人数中占年级获奖人数的65%，而本年度发展的8位预备党员均由这一平台培养。

3. 取得了一些学习成果

目前，通过该项活动，已经编辑成册的理论学习读本和实践学习材料共计7本，包括学习记录、实践照片、PPT课件三部分内容。与此同时，笔者针对理论学习活动专门拍摄了视频影像资料，以便学生日常交流，查缺补漏，帮助他们逐步提升演讲、人际交往等能力。

（二）工作启示

1. 紧抓入口关，规范制度建设与管理

科学规范的准入标准建设并不轻松，目前在很多学术论文中均有涉及，但鲜有直观且有效的判断标准。规范化的制度建设成为合理把控这项工作的前提条件，建立相对完善的监督机制也将为此项工作提供重要保证。

2. 站稳新立场，创新活动形式与内容

从“我帮学生想问题”到“学生为我出问题”，参与的同学发生了质的变化。辅导员应多站在学生的立场考虑学生的实际需求，以学生喜闻乐见的方式开展教育工作，不落俗套，杜绝“唯学分”论，努力做好入党积极分子的培养工作。

3. 固化好成果，厘清工作思路与方法

好的活动不仅要有好的组织、内容和形式，也要有好的成果。这一方面锻炼了学生的工作能力，另一方面也为后续工作奠定基础。为此，制订学习成果撰写要求，了解学生的所思所想，针对性地与学生交流，发现问题、分析问题、解决问题就显得尤为重要。

4. 扩大影响力，体现教育宗旨与目的

将优秀学生中产生的积极作用辐射到普通同学中，开展“一帮一”活动，并将这项活动的结果整理归档作为党员发展考核的重要指标。这不仅可以促进学生之间的交流与互动，更为关键的是实现了学生的共同成长。

七、有待探讨的问题

（一）“半月谈”平台建设上的创新化

“半月谈”网络平台的优势尚未充分发挥，网络思想政治教育这一阵地没有有效把握。如果不针对性地做出调整，思想政治教育工作的育人效率将降低。因此，将工作的创新点放在移动互联网平台上是笔者下一步的工作任务。

（二）“双百计划”工作实施的精细化

入党积极分子中如何合理分配“百时理论学习”和“百时社会实践”的比例，理论学习成果如何进一步固化，实践服务过程如何做好监督，发展为预备党员、党员的学生如何接受再教育，如何考评学生的学习成果，这些内容均需进一步探索。

（三）大学生党员发展与培养的模式化

好的培养模式可以事半功倍，目前很多学校都已经开始进行试点改革，下一步我们要做的就是确立更为完备的计划、成熟的内容，有效的形式、丰厚的成果（理论和实践成果）以及相应的影响力，形成相对完善的培养模式。只有做到这些，“半月谈”才能发挥实效，“双百计划”才能落到实处。

与时俱进，及时“转型”

——学生自律会建设与发展案例

贾湲湲

一、背景

成立于2003年的安徽师范大学外国语学院自律会，是在外国语学院团委指导下，以“自我管理，自我教育，自我服务，自我提高”为宗旨的特色学生自治组织。自律会发展的14年间，从满足学生需要，维护学生权益，到辅助学院做好育人、管理、服务等方面发挥了不可替代的作用。过去几年里，伴随着高校教育由精英教育逐渐向大众化教育转变，作为价值观正在形成的思维活跃的青年群体，大学生的思想观念呈现出鲜明的时代特征和较大的变动性，自律会的工作开展也受到前所未有的冲击与阻力，如何引导和促进自律会实现服务思路、工作方式以及活动形式的“转型”，是学院团委近年来思考的重要课题之一。

二、主题

本文就自律会在工作开展中遇到的困难、解决方式及工作模式转型等方面展开讨论，探索新的高等教育形势下学生组织如何有效改革，更好地担负起高校学生自我管理、自我教育、自我服务的使命和责任。

三、起源

外国语学院自律会在成立之初，其主要任务有四：

（1）宿舍文明检查，创造“家”的环境；

（2）宿舍文化创建，营造“家”的氛围；

（3）晚归不归检查，关心“家人”安全；

（4）定期召开寝室长会议，倾听“家人”诉求。

自律会成长的14年间，一直较好地发挥了学生组织的“三自”功能，为学院学生公寓管理做出了积极贡献。然而，随着学生思想、价值取向的多元发展，自律会在学生群体中的认可度正在下降，具体体现在：

（1）卫生、安全、晚归不归检查制度受到思维活跃的大学生群体的反感。当今大学生自我意识强烈，大多数学生将宿舍作为自己的私人空间，不愿让外人涉足，辅导员“光顾”都勉为其难，让其他学生对自己的宿舍评头论足更是强人所难，更有甚者，将查寝同学拒之门外。

（2）寝室长会议的参与热度逐年递减。不少同学反映，寝室长会议占用时间长且很多问题得不到有效解决，如报修、寝室关系维护等。近两年，随着物业网上报修系统的完善，同学们通过集体会议上报问题的意愿下降；而在寝室矛盾多发的女生宿舍，大家也更倾向于出现问题后就尝试找辅导员通过换宿舍来“解决”矛盾，不愿意在寝室长会议上谈这些问题。

（3）为活跃寝室文化氛围、增强寝室凝聚力而开展的系列活动参与热情低。一些同学认为，通过设计寝室、寝室成员集体表演的方式来提升凝聚力过于形式主义，不如大家一起出门逛街、吃饭更有效；忽视了寝室文化活动对于呵护宿舍关系潜移默化的效果，对自律会开展的寝室设计大赛、寝室风采大赛等活动不以为然。

久而久之，自律会不仅在学生中认可度低、存在感差，组织成员也逐渐产生了自我认同危机，连续三年开学招新门可罗雀，一度面临解散重组的困境。本文从重塑自律会功能角度出发，围绕学院团委在自律会出现信任危机期间所做的针对性工作，以探索高校学生组织健康发展的新途径。

四、解决思路与过程

（一）解决思路：转思路，拓形式，扩影响

针对近年来自律会工作开展中遇到的重重困境，学院团委意识

到，像自律会这样一个从学生中发展而来并最终融到学生中去的学生组织，它的本质是在符合当代大学生思维意识的前提下，实现有效的自我管理，自我教育，自我服务，自我提高。为此，我们必须做到知生所想，知生所需，转变工作思路，加强对自律会工作和活动开展的指导，增强自律会在学生群体中的公信力；拓宽活动形式，符合时代需求，设计和组织更多满足学生需要、学生乐于参与的文化活动；结合校园精神文明创建，精准服务各类学生群体，扩大活动的影响力。

（二）解决过程

1. 直面挑战，提升自律会公信力

（1）召开班会，号召新生各班级相关学生干部——生活安全委员、心理委员和寝室长积极加入自律会，制订明确的寝室卫生、安全检查细则，通过班干部的感召力与凝聚力感化普通同学，减弱学生对自律会“查卫生、查违禁、排隐患”的反感，使学生对自律会“建设文明寝室”的工作本质产生认同。

（2）学院党委副书记、团委老师、各年级辅导员亲自加入自律会查寝队伍，与自律会成员共查宿舍，一方面为自律会查寝工作正名，另一方面帮助成员提升自我认同度。

（3）改良学生诉求模式，不能仅通过寝室长会议收集宿舍问题。自律会利用安全卫生检查、健康知识普及的时间深入宿舍，收集宿舍设施存在的问题，交由学院统一上报给后勤管理处集中维修，既节约了学生的时间，也让大家真切感受到学生组织为学生服务的本质。

（4）以寝室民主生活会为窗口，深入学生群体，了解学生寝室集中出现的几类矛盾，通过向高年级学生、辅导员老师咨询，以寻求恰当的解决方式并反馈给各学生宿舍。

2. 魅力文化，丰富自律会感染力

以自律会为窗口，学院团委指导开展了一系列丰富多彩的寝室文化活动。

（1）寝室风采大赛。通过“美化寝室，展现才艺”，为同学们提供了展示自己才华、展现室友间的团结合作、见证各寝室欢声笑语的一个平台，从而紧密室友关系，丰富寝室生活，加强团队合作，增强寝室凝聚力，树立正确的寝室文化风气。

（2）寝室设计大赛。推进校园寝室文化建设，营造文明和谐的宿舍生活氛围，展现当代大学生的生活面貌。

（3）废品设计大赛。丰富广大学生的课余生活，提升学生的生活品质，激发学生的创新意识、创新精神和创新能力，同时倡导废物再利用与环保精神，提高团队合作能力。

3. 文明创建，扩大自律会影响力

学院团委将校园精神文明创建——心理健康教育的重任交于自律会，在全院师生中扬心灵健康新风。

（1）心理知识竞赛，激发大学生对心理知识的兴趣，在娱乐中意识到心理知识的重要性，并以竞赛的方式督促大家学习。

（2）“青春心语”校园情景剧大赛，揭露社会中存在的涉及大学生的普遍问题，在学生心理辅导和心理治疗方面发挥良好的教育作用。

（3）“微笑征集令”走进学生、关注学生，通过同学们喜闻乐见的心理健康教育方式，在同学之间传递正能量，激发同学们用积极的心态面对未来，迎接挑战。

（4）“恋爱那些事儿”“朋友比情人更重要”“自强之星”论坛等心理健康系列讲座，引导学生建立和谐的人际交往关系，引导大学生树立正确的恋爱观、人生观。

（5）绅士淑女训练营，通过现代礼仪讲座、传统文化讲座、礼仪培训等，帮助当代大学生做真正有修养、有内涵的现代绅士淑女。

五、案例成效

通过师生共同努力，自律会在“95后”大学生群体中重塑形象，其帮助学生反映宿舍隐患、提醒学生校园安全常识的功能获得同学们的认可，面对前来查寝的人员，同学们少了几分抗拒，多了几许热情，班级内部甚至形成了比拼宿舍卫生情况的良好风气。

以下是一名自律会成员的真实故事：

2014级小倩同学是班里的生活委员，开学初在辅导员的动员下加入了自律会宿管部。在任职的前两个月，她在工作日志里写道：每周三中午的查寝工作让我觉得很尴尬，感觉打扰了同学休息，同学们似乎越来越讨厌我了。看到小倩的日志后，辅导员与小倩一起来到寝室寻找问题的根源。他细心观察了可能引起同学产生反感的一些现象：进门时未敲门，离开时不关门，不问好……在总结了这些问题后，老师通过“体验式”教学，给同学们上了一堂“查寝礼仪课”。这之后，小倩再没有抱怨自己的工作令人反感，到了大一下学期还主动找到老师，表示想要留在自律会继续为同学服务。小倩说：“自律会的工作虽然烦琐，但掌握了正确的工作方法和工作艺术，再细微的琐事也能做得很精彩！”

自律会的日常工作见微知著，能从寝室的小问题中挖掘出学生问题，活动开展亦更具针对性、特色性。在心理健康月系列活动中，自律会积极谏言献策，提供了大量珍贵资料、可行方案，小到查寝时发现的宿舍矛盾，大到同学的情绪状态。最终，在院团委的组织牵头下，自律会承办的心理健康系列教育活动顺利开展并延续，已逐渐成为协会的一大特色实践。

在学院团委的支持下，自律会将宿舍文化建设活动打造成“寝室文化节”，内容涵盖寝室设计大赛、寝室风采大赛、废品设计大赛、室歌大赛、寝室PPT制作大赛和寝室长经验交流大会等。形式新颖、趣味性强的宿舍文化创建活动既丰富了同学们的宿舍生活，又提高了自律会在学生群体的认可度，更帮助自律会成功“转型”，从“查寝组织”转向宿舍文化建设强有力的组织者，成为寝室文明的风向标。这些活动不仅丰富了我院学生的寝室文化生活，活跃了寝室的气氛，加深了同学们之间的感情，更使寝室文明建设再上一个台阶，帮助广大学生形成了以舍为家的集体心态。

六、案例启示

（一）墨守成规是高校学生组织发展的最大障碍

高校学生组织经过长期发展，一般都形成了一套固定的运行模式而不愿轻易改变。固定的运行模式便于活动的组织、社团的日常管理，但在学生特点不断变化的今天，停滞不前就意味着退步，一成不变不仅大大消减了社团活动的感染力，也削弱了学生组织在大学生中的认可度。因此，学生组织应该在稳定自身工作基础的同时，探索时代发展需要，积极调整结构模式，进行相应“转型”。

（二）以指导代替管理，给予学生组织充分的自主性

当前，众多高校对学生组织进行严格管理，学校管理部门或老师对组织负责人的产生、活动计划的制订和活动的开展往往有最后的决定权。这种管理模式保证了组织的有序发展，然而它在一定程度上限制了组织的创造力，束缚了组织的灵活性。在新形势下，学生组织应在学校指导下，在各自章程的规定下独立开展活动，自行计划活动内容和发展方向，方能充分体现自我教育、自我管理、自我服务，保持学生组织的生命力。

小载体　大能量

——微型党课在党校学员培养中的探索与实践

廖仲明

一、目的意义

青年大学生是最宝贵的人力资源，是国家的希望和民族的未来。帮助学生树立正确的世界观、人生观和价值观，坚持党的领导，坚定不移走中国特色社会主义道路，成为中国特色社会主义事业的建设者和接班人，对于全面实施科教兴国和人才强国战略，确保我国在激烈的国际竞争中始终立于不败之地具有重大而深远的意义。

党校是大学生党员教育培养的主阵地和主渠道。目前，高校党校教学多采用集中授课的形式，授课内容均由主讲人确定，这是在短时间内面向大范围学生传授党的知识的一种有效途径，但也普遍存在教学形式比较单一、教学内容脱离实际、教学方法更新较慢、学生学习兴趣较低等问题，传统党课甚至出现“看看纪录片，念念新文件”“台上读书本，台下打瞌睡”的窘境，党校教育培训的效果大打折扣。因此，如何与时俱进创新形式，提高学生学习的主动性和自觉性，发挥学生在党校学习中的主体地位尤为重要。

二、主题

微型党课：以小见大，见微知著。

三、主要思路和做法

微型党课是针对大学生关心的焦点、热点问题及现实生活中遇到的思想困惑，以党课小组为单位，围绕某一主题，由学生自己搜集资料，开展调查，并联系身边人和身边事，进行讲解、交流、讨论和实践，进而阐明正确理论或观点，给学生以教育和启示的一种党校教育教学形式。物电学院分党校自2012年10月，在连续7期党校学员培训班中探索开展了微型党课活动，充分发挥其对课堂理论教学的补充作用，进一步提高了教育教学质量和效果。

（一）确定主题

好的主题是一堂微型党课成功的基础。微型党课的主题往往从时事政治、社会热点、党史党情、生活常识等方面选取，注重三个突出：一是突出启发性，充分调动学生参与学习的主动性，选取如“谈谈老实人吃不吃亏”“为什么要入党”“信仰在哪里”等易于学生思考和讨论的话题，引导他们主动发问、积极探究；二是突出教育性，结合党的最新理论成果，选取如“我来谈创先争优”“中国梦·我的梦”“党的光辉历程，从党的一大到十八大”“大学生如何学习和践行社会主义核心价值观”“两学一做：我来学、我来做”等主旋律话题，开展正面宣传教育；三是突出实践性，利用身边人、身边事、身边理，选取如“寝室：党员怎么做”“学习雷锋，我们在行动”“诚信考试，党员带头”“也谈校园牛皮癣”等与学生学习、生活息息相关的话题，教育引导学生从小事做起，在实践生活中发挥先锋模范作用。

（二）精心备课

微型党课的备课主要有三步：一是收集资料，党课小组的每位成员围绕确定的主题通过网络调研、查阅文献、请教专家等形式各自收集相关资料，并进行分类整理；二是组内研讨，小组成员通过“沙龙”的形式，针对所讨论的主题，逐一陈述观点、发表意见，并在思想碰撞的过程中形成主要观点和结论；三是集体备课，由党校指导教师参与召开小组集体备课会，根据任务分工确定教学时间、教学场地、教学方式、教学内容、教学材料等，确定主讲人（可以是一个，也可以是多个），撰写教案。

（三）组织实施

微型党课打破身份、职务、岗位、年龄等限制，让每位参与的教师和学生交叉授课、互相交流，构建了“学习—交流—共享”的联动教学机制。课时一般为15至30分钟，现场教学主要有“观点我来说，问题大家提，是非辨一辨，道理论一论”四个步骤，教师和学生既“提问”又“答问”，既“阐述理论知识”又“交流经验心得”，既做“教员”又当“学员”。现场交流结束后，又充分利用QQ、微信、微博等多种现代传播媒介扩大讨论范围，分享资料，畅谈体会，交流收获，将党的理论知识内化于心，外化于行。

（四）成果固化

通过理论反思和学习，学生对某个问题能够获得一定程度的思想认同，但这种认识可能是模糊的或短暂的，需要建立一个长效的思想“反刍”平台，引导学生去思考、去体悟、去升华。这个平台就是“基地实践”，我们将微型党课从校园内延伸到社会中，组织学生分成若干小组，深入基层、深入群众，开展调研考察、志愿服务、老党员寻访等社会实践活动，在具体的人物或事件之中检验所思所想，进一步将感性认识转化为理性思考，提升思想觉悟和道德修养，固化教育成效。

四、成效与经验

目前，微型党课已成为物电学院学生党员教育培训的重要补充载体。这种教育形式已呈现出“众短活实”的特点：一是在授课主体上突出“众”，学生能广泛参与，每一位学员都有机会做主讲人；二是在时间安排上强调“短”，在教学内容上高度浓缩，每讲只设一个主题，授课人开门见山地阐述观点，直奔主题，简洁明了；三是在教学形式上体现“活”，既可是“一对多”的讲授，也可是小组集中学习讨论，既可是寝室内的座谈，也可以是校外教育基地的参观学习；四是在教学内容上注重“实”，学员结合自身的学习、工作、思想和生活实际，让学员有话可说，能谈出真情实感，能有切实的收获。微型党课形式新颖，人人能参与，人人受教育，增强了学员学习的自觉性和主动性，取得了一些成效。

（一）学生参与面较广

集中授课或专题报告讲授的内容理论性较强，由于学员的知识储备有限，课上教师安排提问环节，学生参与很少，教学效果并不十分理想。而微型党课则可以很好地弥补这一不足，每位学员都可以是主讲人。我们每期党校都安排几个主题，将学员分成若干组，每组学生围绕各自的主题准备授课内容，再将这些学员讲授的内容进行编排，这样就是一节完整的党课了，培训班大部分同学都能参与，充分调动了学员的积极性。

（二）学习自觉性增强

在传统授课中，学员仅仅把学习作为一个必须完成的任务，认为只要上课听一听、笔记记一记就可以了。加之，培训缺乏有效的考核方式，学员多数为被动接受教育。而学员为了上好一堂微型党课，必须搜集相关资料，整理上课讲义，这一过程是一个自我提升的过程，学员学习党的理论知识的自觉性得到了增强。

（三）学习主动性提高

微型党课中，学员成了授课的主体，在教学形式上更加灵活多样。课前，学员通过网络、图书查阅资料，精心准备课件、讲义。课上，他们通过自己的方式，如演讲、视频播放、讲故事等让听众易于接受知识，这种主动的学习方式，让同学们更乐意去学习党的理论。

（四）学习收获感更强

微型党课是一种“体验式教育”，学员们或谈自己的感悟和学习体会，或联系身边的先进典型来阐述自己的观点，学习较过去深入。通过这种途径，让党校学员们更容易接受党的理论，而不会觉得枯燥。学员们通过讲身边的事谈身边的人来阐述党的理论，使党校培训更加生动，更易于接受。

五、有待解决的问题

学院在党校培训中尝试开设微型党课，取得了一定成效。但我们也认识到，受学员自身知识储备等因素的影响，学员的教案准备、课程安排等还存在一些不足。

（一）内容简单

在确定主题的前提下，微型党课由学生自己备课、讲课，学生由于自身的知识储备等因素，备课内容较简单，形式单一，在一定的时间内无法向大家传授较多的知识。

（二）平台有限

目前，我院的微型党课多集中在教室进行，教学平台受到限制，特别是新媒体的快速发展，智能手机的普及，同学们更偏爱网络学习与讨论。

（三）反馈不足

微型党课的指导与反馈多在讲课结束后，教师对同学们的授课情况缺乏前期指导和后期跟踪，这也是同学们微型党课内容不丰富的原因之一。

六、启示

（一）党校教育要充分发挥学生的主体作用

做好新形势下的大学生党校教育，必须充分调动和发挥学生主体的能动性，引导学生主动发问、主动思考、主动探究，注重“知、情、意、信、行”的贯通。

（二）党校教育要注意拓展教学空间

坚持让党课跟着学生走，学生在哪，党课就设在哪。将上课地点从传统教室延伸至学生宿舍、实践基地、实习学校、网络平台等，开展经常性的党情党史宣传，潜移默化影响普通学生。

利用班级日志，规范班级管理

——2014级历史学专业班级管理典型案例

宫 超

一、背景

班级日志的起源可追溯到1953年赵启春发表于《人民教育》上的《我在建立班集体、指导少先队和教育个别儿童方面的经验》一文。传统的班级日志也称“班情日志”“教室日志”等，是学生在教师指导下自主记录班级事务和班级学习生活的记事本。班级日志是由学生自主对班级事务进行记录的书面凭证，在辅导员的指导和定期审阅下，成为学生工作的手段与途径。它的合理使用，可以作为发展性评价的抓手，可以搭建班风建设新平台，可以改变传统的班级管理模式。

2015年初，我接替同事担任2014级历史学专业的辅导员。当和这些学生接触了两个星期之后，发现这个班级存在学习劲头不足、纪律意识淡薄、日常管理不规范等问题。对此，我决定以班级日志为抓手来加强纪律约束，规范班级管理，以期形成良好的学风、规范的班风。

二、存在的问题

经过调查，我发现2014级历史学专业的班级日志存在着内容和流转制度两方面的问题。

在日志内容记录方面：一是日志记录中内容随意性大，格式混乱，反映了部分班委责任心不强，对班级日常建设重视程度不够，班委管理水平不高等问题；二是日志内容更新较慢，且日志内容的更新常因记录人不在现场而出现一些疏漏，班委内部联动沟通机制不够完善，各班委平常沟通不足；三是日志内容不够全面，其中的较大篇幅仅用来记录班级学习建设、学生工作等方面，缺乏学生的日常生活、心理状况等板块，不能让辅导员及时了解学生个人的整体发展状况。

在流通机制方面，突出表现为班级日志的流通不广，仅在班委会内部和辅导员之间流动；广大同学对班级日志并不了解，导致普通学生对班级日志的约束力和重要性认识不足，对班级事务了解不多，学生的班级主人翁意识欠缺。

三、解决问题的举措

根据班级日志在日常执行中存在的问题，我结合实际情况，给出以下四点改进措施。

（一）明确责任，制订记录细则

针对日志内容随意性大，格式混乱的现象：第一，制订班级日志记录细则，要求每一位班委都要成为记录员，每天一轮换，且随身携带，如有值班记录员未亲历的活动，可由其他班干告知具体情况再记录；第二，确定内容记录标准，内容涉及课堂考勤、学习状态、教学内容、活动形式、参与人数等；第三，召开班级日志记录员培训会，手把手教会班干如何记录，以班级日志记录为契机，提升班委工作的责任心和工作水平。

（二）丰富内容，扩展记录范围

针对日志的内容问题，我班在规定的班级日志格式上积极创新，通过附录的方式丰富班级日志内容，将学生的寝室状况、情感、学生素质拓展等方面记录在案，学生的请假条粘贴在日志背面，甚至一些合影图片也打印出来贴在日志上。

（三）加强联系，建立沟通机制

针对日志更新较慢，班委沟通不畅等问题，一方面积极完善班委联动沟通机制，以班委例会为平台，从制度和平台两个方面增强班委内部沟通，每周三下午召集班委会核实记录情况；另一方面，建立班委QQ群，及时将每件跟班级相关的文字内容或图片上传到群共享中。

（四）增进了解，定期公示日志

针对班级日志的流通问题，在班级内实行班级日志公示制度、学生记录制度、班级日志网络补充制度。线上线下多方入手，让广大同学及时了解班级工作计划、班级工作进度、工作成果等，增强班级同学的主人翁精神。

四、取得的主要成效

功夫不负有心人。在严格执行了上述措施之后，班级学风、班风都有了明显的改善，我本人也从繁杂的事务性工作中跳出来，可以有时间对工作进行更多的思考。在班级管理方面取得的成效主要体现在以下三方面：

（一）纪律严明，打掉自由散漫之风

针对大一新生“一入大学便自由”的想法，做好发展性考核。在班级考勤方面，利用班级日志，及时记录班级内部的考勤情况，班干每周一上报，让辅导员能够及时了解课堂情况，从严抓纪律入手，打掉自由散漫之风。从班级日志中，能看到班级一学期的考勤情况，在制度实施了两周之后，以前的迟到、早退等违纪情况再也没有发生过，班级几乎每次考勤都是满勤，逐渐营造出了浓厚的学风。

（二）鼓励进步，形成争先进位之风

大学是自由的，每个人都有自己的发展方向。我班结合班级日志，主动开设班级个人风采板块，将班内在各领域表现突出的同学事迹记录下来，并在班会上及时予以表扬。例如，吕永鑫既是班长又是院学生会实践部部长，是有着丰富学生干部工作经验的学工之星；韩志香，连续在两届校运会上获奖，是班级的体育之星；苏晓燕，既是大艺团团长，又是舞蹈队队长，是在舞台上展现自我的文艺之星。班级日志将这些人和事记录下来，让辅导员和全班同学能够了解他们，向他们学习。对这些同学的认可，可激励全班同学积极促进自我发展，提升自身综合素质，更在全班内形成了主动要求进步的风气。

（三）增强交流，打造团结型班风

班级应该建设成一个家庭，四年的时光不能白白消磨。2014级历史学专业同学以班级日志为平台，完善班委会成员的内部联动沟通机制，通过班委会的凝聚力，凝练班级精神，塑造一个团结、和谐、统一的班集体，引领团结型班风的建设。通过班级日志的公示化，增强班委会和普通同学的交流，让广大同学了解班级的日常工作计划、工作进度和工作成果，增强学生的主人翁意识，从而促使班级同学踊跃投身到班级日常建设中来。如今，该班级围绕“传承文明，弘扬优秀传统文化”这一主题积极开展历史文化街、汉服游行、端午节祭祀屈原等活动，同学参与度近100%，这就是团结型班风的具体表现。

五、启示

李先念同志曾说过：“教师的劳动，是一种科学的也是艺术的创造。”在开展班级管理的过程中，我得到了如下启示：

（一）班级管理需要一个或几个很好的“抓手”

班级日志、干部队伍等都是“抓手”，利用好这些“抓手”，工作展开则会事半功倍。

（二）辅导员工作不能单靠“人治”，需要进入“法治”轨道

每位辅导员不仅带数量众多的学生，还可能承担着其他工作任务，如果事必躬亲，则可能会疲于应付，降低工作效率。辅导员需要用规章制度来管理班级，引导学生养成遵规守纪的好习惯。

（三）学生的自我管理是班级管理的最高境界

班级日志能充分挖掘班级人力资源，充分尊重学生并解放自身，使所有学生都以积极的态度自觉自主地投入到班级管理中去。

用心用情增强新生班集体凝聚力

安广虎

一、背景

班级是大学新生入学后的第一个“社会大家庭”，在这个大家庭里，他们不仅需要适应新的学习和生活环境，还面临着重新融入新的群体，重新建立新的人际关系的问题。而在同学交往中，逐渐形成了各种各样的群体，群体活动对他们的智力、个性发展的重大影响慢慢凸显出来。随着学生个性化发展以及思想观念、行为方式的多元化，给班级管理带来了一定难度，如何增强班级的凝聚力，把尊重学生的主体地位与凝聚班级力量、促进班级管理结合起来显得尤为重要。

二、存在的问题

班级是一个多人组成的集体，班委会、团支部是班集体凝聚力的核心。一名学生干部就是一个榜样，一名学生干部就是一个优秀典型。大一开学初，该专业便组建了班委会、团支部，但是，很快出现一些问题：一是部分学生之间的关系冷漠；二是寝室关系不和谐；三是部分班委工作懈怠，活动的准备材料、总结材料和宣传报道常常不能按时提交；四是普通学生对参加班级举办的活动不够积极，也不能正确理解举办班级活动的目的和意义。

三、原因分析

（一）管理方式的差异化

大学与中学是两个不同的层次群体，在管理方式上有着相同点和不同点。相同的是，管理都是为教育教学服务，都是为了促进学生的健康成长；不同的是，大学管理更注重自主能力的培养，管理手段更加开放，更加有利于发挥学生的主观能动性，而中学“保姆式”管理多一些，学生自主发展的机会少一些。对于刚入大学校园的新生，面对全新的生活环境、学习环境、管理模式，处于不断适应、不断调整的阶段，对一些集体活动认识不清，存在等待观望、不热心、不参与的情况在所难免。

（二）家庭观念对学生的影响

很多家长认为在大学期间要把时间多花在学习上，从而忽视学生素质拓展活动的参加。部分家长自身的观念影响了学生，使得学生在参与班级活动、素质拓展等方面不够重视。

（三）学生自身原因

（1）学生刚从高中步入大学阶段，习惯了高中的管理模式和学习方法，始终觉得学生的本职任务就是专心学习，尤其是通过高中的三年寒窗苦读之后，仍觉得学习压力较大。

（2）学生参加班级活动热情不高，积极性不强，导致班委组织策划活动也没有激情，勉强开展活动，参与者较少，活动效果大打折扣。

（3）班委在做活动策划时，觉得即使完成不好，对自己也不会有什么影响，责任心不强，班级对学生干部缺乏相应的管理制度和工作要求。

（4）班级同学来自不同地区，生活方式和生活习惯各不相同，因此相处时易出现隔阂。部分室友之间由于缺乏交流，沟通方式不恰当，关系也不融洽。

四、解决对策与具体举措

（一）增强辅导员的向心力、感召力和亲和力

要使班级有较强的凝聚力，作为辅导员首先要关心学生、尊重学生。作为“一家之长”，辅导员应该从内心关心“家庭”中的每一位成员，使他们真正感受到老师的关爱，体会到集体的温暖，从而使整个班级成为一个团结向上、充满友爱和凝聚力的集体。在班级组织活动

的时候，作为辅导员老师，我每次都会尽量参加，对活动的开展进行指导，学生的参与度也大大提高。

辅导员的人格魅力也是增强班级凝聚力的一个重要方面。崇高的人格魅力能使学生产生敬佩感，从而增强整个班级的凝聚力。同时，辅导员良好的生活作风、思想品质和工作热情都会对学生产生潜移默化的作用。榜样的力量是无穷的，平时的宿舍卫生、学校的运动会、党团活动等，我不会只做旁观者、指挥家，而是做一名参与者，什么事都要带头做好，以无言的实际行动教育自己的学生。这些看似微小的行动，实际可以对学生产生巨大的影响。只有为人师表，率先垂范，辅导员的向心力和亲和力才会得到真正的体现；学生才会“以班为家”，整个班级才会做到心往一处想，劲往一处使，班级凝聚力的形成才会落到实处。

（二）建立强有力的班干部团队

学生对班级活动不积极参加，与活动的组织者有着密不可分的关系。部分班干部对于班级的事情持冷漠的态度，所以我决定从班干部出发，对班风进行整改。

我召开了一次专题班干会议，深入探讨了班级存在的问题，并聆听了大家的想法。大部分班干提出自己在中学时代没有得到锻炼机会，很多同学都是第一次当班干部，所以在能力方面尚有欠缺。通过会议，他们知晓了优秀班风的核心要素，明确了班级的发展方向，主动发挥同学们的“三自”功能，让班干调动每名同学积极性，让他们找到自己在班级中的定位，共同参与班级的组织和管理工作，为同学们的学习与生活服务，培养他们的参与意识和主动性，让每一个学生都得到锻炼。

（三）建立和规范必要的规章制度

俗话说“无规矩不成方圆”，一个班也应该有一个班的规矩，只有规矩好了，风气正了，学生才会有一个良好的学习成长环境。因此，我把建章立制作为班风建设的前提基础，在组织班干部认真学习领会校院管理制度的同时，进一步分解细化班级管理的具体措施。班委会换届一结束，就让每位新当选班委列出工作计划，并放到班级群共享空间里，这样就能对班干部们形成一种约束力，时刻警醒他们要按照自己所作的承诺认真履行职责。

（四）对学生进行适度有效的激励

一般学生都很注重尊严和荣誉，希望得到老师的肯定和表扬，增强自己在同学中的影响，在集体中得到重视。因此，要针对不同学生的心理特点在班级管理工作中采用不同的激励方法，调动学生积极性；挖掘每个学生自身的闪光点，借助学生自身的优点，激励其克服不足之处，对学生的好思想、好习惯予以肯定和表扬。

五、工作成效

（一）学生转变观念，活动参与度得到显著提高

通过以上措施的实施，班级活动的质量得到了提高，学生对班委会举办的活动逐渐产生了兴趣，对活动的关注程度逐渐提升，不再用之前“事不关己，高高挂起”的态度对待班级活动，学生干部在组织策划活动之前认真思考活动的目的和意义，并积极向学生宣传，使学生将注意力从“获得学分”转向“获得锻炼”，活动的参与度显著提高。截至2016年上半年，该专业共组织集体活动五十余次，班级学生的参与率由以往的50%增加到80%。

（二）以活动促活跃，增加了学生对集体的依赖感

为了增强同学们的身体素质，让学生走出宿舍、走向操场，摆脱“低头族”“拇指族”，班级还开展了篮球友谊赛、趣味运动会、撕名牌、放风筝等活动。在一次次活动中，班级凝聚力逐渐得到了提高，学生在实现自己个人价值的同时也逐渐体会到了班级的温暖。通过了解同学们关心的热点问题，该专业有针对性地举办了“校友专场报告”活动，邀请优秀毕业生返校进行经验交流，在交流会上学生的疑惑得到了解答，化解了学生的学习压力，增强了对班级的认同感。

（三）融洽了内部关系，增进了同学之间的信任和了解

通过有目的地组织一些互动活动，开展集体竞技项目，使同学们在寓教于乐中增进了相互理解和信任，对于化解生活中的小矛盾、小纠纷，增强班级和谐稳定起到了一定作用。

（四）培养了良好班风，促进了班级工作全面进步

通过两年来的教育引导，该专业基本形成了勤勉上进、团结互助、班兴我荣的良好风气，每天上课不仅保证零缺勤，同学们还能够积极投入学习之中，促进了教育教学工作的全面进步。

六、启示

大学新生的管理必须要从增强班集体的亲和力、凝聚力入手，针对学生特点，坚持从强化组织功能、夯实思想基础、教师躬身践行、疏堵结合并举等多条渠道来凝心聚力，不断提升管理工作规范化水平。

要坚持管教并举，一方面抓思想引导，培养责任意识、团队意识；另一方面抓行为规范，通过从严管理、从严治班，培养过硬的作风。要强化组织功能，要通过加强班委会、团支部的自身建设，不断增强组织协调能力、群众工作能力以及务实的工作作风，用真诚的服务赢得大多数同学的支持、理解和认同。将班级工作的整体目标与每个学生自我发展的个体目标有效对接，促使学生自觉融入班级建设的方方面面，用共同的奋斗目标来凝心聚力。要通过各项寓教于乐的活动，陶冶情操，增强班兴我荣的责任感，在各类评比竞赛中增强凝聚力。最终建立起关爱学生的工作机制，营造出和谐温暖的家的氛围。

提高班级的凝聚力是班级管理的一项长期任务，必须长期培养、持久发力。要通过建立相关的教育引导机制、管理责任机制、相互激励机制，实现长期抓、反复抓，以滴水穿石之功，展潜移默化之效。

把党支部建在艺术团上

——以音乐学院学生艺术团党支部为例

于珊珊

我们正处于一个多元化的时代，一个信息爆炸的时代，一个巨变的时代，一个转折的时代，一个充满诱惑、机会良多、却又使青年感到迷茫的时代。在这样的时代背景下，我们所带学生也不可避免地带着时代的烙印。

面对新形势、新要求，要有解决问题的新思路、新方法。2011年，学院根据艺术类学生教育成长背景、性格习惯特点，积极探索党建与大学生教育、考察、培养相结合的新模式，成立了学生艺术团党支部，进一步提高德育的科学性、针对性和有效性。2012年，该支部获评全省先进基层党支部。

一、主题

将大学生党建与艺术实践紧密结合，针对艺术生特点，在艺术实践中，通过实践活动、典型引领辐射，做好入党积极分子和党员的考察、培养，发挥好党员的辐射作用，吸引更多优秀大学生向党组织靠拢。

二、存在的问题

第一，艺术类大学生相对来说，存在以下特点：

（1）思想活跃，很难接受管束、说教；

（2）专业情结浓厚，但文化基础薄弱；

（3）实践活动能力较强，但受社会大环境、教育背景影响较深。

第二，大学生党建模式相对于艺术生来说，存在着一定的不适应和不到位。具体表现在：

（1）重视传统党员发展模式，对其他渠道开展党员考察重视不够；

（2）重视组织活动的形式，对内容的鲜活性重视不够。

三、解决对策

（一）在艺术实践中考察积极分子、发展对象

艺术团党支部依托学生艺术团开展活动。目前，音乐学院共有5大学生乐团：青年交响乐团（全建制）、民族管弦乐团、合唱团、舞蹈团和古筝乐团。5大乐团有近400人，占学院学生总数的50%，还不包括学生自行组建的乐团、乐队。每年乐团承担“高雅艺术进校园”“徽风皖韵进高校——校园大舞台”等大型演出任务，承担高雅艺术进军营、进社区等系列进基层演出，承担地方政府和单位新年音乐会，校教师节颁奖典礼、学生表彰大会等，共计30余场，此外还有艺术实践周、教学汇报等演出。面对这么大的一个群体，如此频繁的学生艺术实践活动，怎样做好学生管理、怎样结合艺术实践工作做好学生教育与思想引导，是学院学生工作要特别考虑的问题。

研判大学生入党动机、入党条件，除了学业要求，德行表现应是更重要的考察部分。辅导员组织、参与学生艺术实践活动，在做好学生安全管理与教育的同时，参与学生艺术实践，在实践过程中观察、了解学生，发现并培养入党积极分子，使推优、学生鉴定等工作不仅有事实支撑，也有培养途径。在长期的实践中，和学生们一同参与活动，同吃同住，可以较真实地了解学生是否有坚定的政治立场，在大是大非问题和敏感问题中能否保持清醒头脑，是否具有吃苦精神，是否有完成任务的责任心，是否言行一致，是否团结同学有集体意识，是否有社会担当，等等。大到价值观，小到是否随手丢垃圾，都能在共同实践中逐渐了解，也能较真实地了解培养对象的群众基础。将在艺术实践中观察到的学生行为一一记录，形成个人成长档案，如此，在党员发展过程中便有依有据，真正做到成熟一个发展一个。

值得一提的是，正确处理学生在艺术实践中获得的专业自信，或是对学生在实践中的良好行为及时给予肯定，可以促进其学业自信与自我要求的提高，产生带动效应，促使其从一好到百好。

2012级臧同学，刚进校时只是一名普普通通的学生，成绩排名在年级中处于中后段。入校后，参加合唱团招新选拔，加入合唱团，成为学院艺术团成员之一。通过观察团内学生表现，我发现每周两次的集中排练，她一次都没有缺席过，不仅如此，还积极参加团内组织的活动，如大学生艺术展演、高雅艺术进校园等，在团内积极氛围的影响下，参加了学院歌手大赛、戏曲大赛等。其与乐团一同成长，在大三学期末，她作为团内女生部领唱，代表学校随团参加全国学校合唱节比赛，获大学组一等奖。在数次的谈心谈话中，辅导员总是肯定她在艺术团中的表现，同时也鼓励她在其他方面多进步，使该生产生被认同感、被期待感。专业技能上的进步与学习成绩上的进步是相辅相成的，该生综合测评成绩从大一学年的20多名（班内51名同学），逐渐提高到大三学年的第3名。作为学院艺术团的一名成员，在多次艺术实践中，臧同学有着非常高的集体荣誉感和大局意识、奉献精神。近两年，我院还服务校教师节颁奖典礼、学生表彰典礼等活动，基于舞台上的良好表现，臧同学也几次被学院推荐参与演出。2015年学生表彰大会举行时，正是考研冲刺期，音乐专业的考研难度较高，因为专业特殊性，她们要提前与所考院校的导师联系，至少提前半年就要跟着导师上专业课，这样考试才相对有把握一些。接到学院通知演出任务时，臧同学正在武汉上课，但她毫不犹豫就主动跟老师调了课，并放弃了几节英语辅导课，返校排练、走台、彩排、演出。基于其在艺术实践等活动中的良好表现，学院党校在大二学年确定其为入党积极分子，并于2015年12月发展其为中共预备党员。

正是基于学生在艺术实践中的优异表现，党支部发现、培养了一批优秀的学生党员。在艺术实践中发现优秀入党积极分子，既不脱离原有的党员选拔模式，又对传统模式进行了一次有益的创新。

（二）在学生喜欢的活动中开展价值观教育、党性教育

音乐专业的学生因其专业使然，个性比较突出，不喜欢被管束、说教；好动、喜欢新鲜刺激的事情，不太能静下心看书；对理论、经典缺乏兴趣，更易受社会大环境、教育背景影响，喜欢读图、休闲性文字。基于这些特点，艺术类大学生党支部的活动开展模式，不能与

其他学生党支部和教师党支部等一样，而要符合其自身特点，内容鲜活，如此方能满足艺术类大学生政治成长的需要。

除依托艺术团的演出活动，党支部也充分利用好各类艺术实践、社会实践等平台。从艺术实践到艺术交流，从音乐调研到义务支教，从实地探访到爱国主题教育，在这些他们喜欢的实践活动中进行价值观教育，使学生更易接受，事半功倍。充分利用艺术实践周、“星愿计划”公益活动、八一军营慰问、特色艺术支教、暑期社会实践等活动，紧紧围绕专业，将专业提升与社会实践相融合，在学以致用的同时检验专业本领，在广泛的实践中和广阔的天地里领悟艺术精神、社会责任，不断提高学生学习的内动力。

以学雷锋、喜迎十八大、纪念抗日战争胜利70周年等为契机，引导学生向实践学习、向群众学习、向基层学习，用自己的行动树立和践行社会主义核心价值观；发挥专业优势，组织多场大型演出，送文艺进学校、进军营、进社区；开展学术交流，在切磋中长本领，带领他们与首都经济贸易大学、成都文理学院、安徽理工大学合唱团等交流艺术感悟；读万卷书，行万里路，组织学生赴西藏、山东、山西等地采风，感受最原生态的传统艺术；组织参加第六届中国魅力校园合唱节比赛，在全国19个省、自治区、直辖市52支合唱团中脱颖而出，荣获大学组一等奖……

在各类实践中做好育人工作，通过最鲜活的行动，让学生们明白艺术为人民服务的本质。文化艺术要发挥优势，源头在基层，体现在基层。

开展特色“艺术支教”志愿服务活动，几个小时的盘山路，从不晕车的同学在路上吐得稀里哗啦；在连手机信号都没有的大山里，一住就是十天，山里的蚊子又大又毒，被叮了满胳膊的包还笑着说这是一起吃苦的幸福；在高温天气里，冒着酷暑开展“高雅艺术进军营”义务演出活动，在一盆水泼到地上立刻就蒸发为一缕缕白烟的露天球场上从下午待到晚上，只为给部队官兵送去节日的问候；开展“高雅艺术进校园”演出活动，主动放弃假期休息时间集中排练，平均每天睡眠不到5个小时的时间，中午没有地方休息，把写真纸铺在地上就能睡，但没有人叫苦叫累。是什么让他们这样？环境！当支部营造出这样的环境这样的氛围时，他们就会不自觉地融入其中，受到感染，得到教育。

周晓庆，2012级一名女学生，几次参加“星愿计划”，义务为大山里的孩子们教授音乐知识，开启音乐梦想。回忆支教生活，她说，“真的很辛苦，学校连手机信号都没有，对比他们，我们的学习条件真是太好了。第一次当老师，身上的担子很重，也才知道为人师的不易；真正去支教了才知道教和学的关系，不是你专业成绩好就一定能教得好，想要上好一堂课真的不容易，在这次实践中弥补了我在教学方面的不足。我能清晰地感受到孩子们的目光从期待变成好奇，从好奇变成渴望，再从渴望变成不舍，想到他们可能因为我们的到来有所改变，我就觉得我所做的事特别有意义，我吃的苦那一刻都变成了满足与感动。”

最好的教育莫过于实践，最好的老师莫过于生活。数年来，党支部始终坚持把艺术送到基层一线、送到军营社区、送到人民群众最需要的地方，并将这种信念和宗旨通过实打实的行动传递给学生，在艺术实践活动中，学生们得到了最生动的价值观教育。上面例子中的周晓庆同学，也因为在志愿服务中表现优秀，被中国青少年发展基金会授予全国优秀志愿工作者称号。

（三）在典型选树中吸引更多的优秀学生向党组织靠拢

积极发现、树立实践中涌现出的师生典型。坚持以先进典型为镜，向先进典型看齐，支部将“好党员”“好学生”的标准和要求转化为可感知、可学习的生动鲜活样本，使学生对党员先进性及共产主义觉悟有了更加清晰和具体化的认识，激发广大学生向党组织靠拢、争当当代好青年的热情。

老党员冯杰老师，八一慰问演出中，因连续在高温天气下露天舞台上试音病倒了，但为了高质量完成演出任务，他仍然顶着39℃的高烧，连续三天无怨无悔地坚守在他音响师的岗位上，让全体演职人员又心疼又敬佩；“高雅艺术进校园”时，声乐教师吕茵因为连日奔波嗓子发炎，却不顾医嘱坚持演完最后一场……戴剑武、单泓斐、高爽、田园等一批学院党员教师，连续多年无偿指导、参与实践，院学工队伍和艺术实践中心的所有老师与学生同吃同住，同台演出，言传身教，他们用最朴素的行为诠释着艺术精神，为学生做着良好的示范。在他们的影响下，也涌现出一批学生典型：“校十佳大学生”有2009级孙瑜、2010级高燕、2012级王丹慧，2013级申靓雯；首届“校爱暖师大十佳志愿者”高燕；校“自强之星”2011级付德涛、2012级支献；还有王博、丁一、周晓庆等“全国十佳青年志愿者”近20人……

环境对人的影响是巨大的，无论是羊群效应还是链状效应，都阐明了人在成长中的相互影响作用。在艺术团中，支部通过典型选树和典型引领，营造着积极向上、崇德尚美的集体氛围，影响着越来越多的学生走向优秀，也吸引着越来越多的优秀学生主动向党组织靠拢。

四、主要经验和成效

（1）依托艺术团开展实践活动，在艺术团当中发现和培养入党积极分子，发展、教育学生党员。

（2）通过各类丰富的实践活动，在实践中润物无声地进行社会主义核心价值观教育、党性教育。

（3）通过树立师生的先进典型事迹、典型人物，让学生走进典型、学习典型、成为典型。

五、下一步工作思路

（1）加强网络资源建设，利用好新媒体，开发出更多为他们所关注、所能接受的信息资源，从而拓展党支部理论学习的空间，增强理论学习的自由度和吸引力。

（2）更多发挥支部学生党员自主性。目前，支部的很多活动是由支部老师组织的，后期应更多地向老师指导、学生组织的方向转变。

（3）切实做好学生个人成长档案记录。目前，学生在支部中的表现虽有记录，但不完整，大多由各自辅导员随手记于学院辅导员工作手册上，没有切实做到为每一个积极要求进步的学生建立个性化成长档案。后期，扎实支部培养考察工作，翔实记录成长档案，是支部建设迫切需要解决的问题。

如何提升大一新生班级凝聚力

——以2015级会计学专业为例

于　琼

一、目的意义

（1）班级凝聚力有明确的导向、整合和育人的功能，对大学生的身心健康起着不可忽视的作用。

（2）班级凝聚力的建设有助于增强大学生的人际交往、团体合作意识和集体荣誉感。

（3）班级凝聚力的提升跟班风、学风的建设相关，直接影响辅导员平时的教育和管理工作的开展。

二、背景

班级凝聚力的建立与提升是增强大学生集体归属感的需要，也是衡量班级建设质量的重要指标，是高校班级管理和建设的重要方面。而大一年级正是塑造与提升班级凝聚力的关键时期，辅导员在日常管理工作中，更应抓住这一关键时期，加强班级的凝聚力建设。

三、存在的问题

（一）缺乏班级认同感

目前，大学生的班级归属感普遍不高，导致大学班级缺乏较强的凝聚力。“95后”大学生大多为独生子女，自我意识强烈，在与他人相处的过程中，过于强调自我，难以换位思考。虽然大家共处于一个班级，但平时缺乏互动交流，对班级的认同感、荣誉感和责任感都不强。

（二）班级活动参与度不高

大一新生对丰富多彩的大学班级活动往往寄予厚望，因此一旦班级活动和他们的设想产生差距，就会大大降低他们参与班级活动的积极性。很多新生反映，大学生活没有想象中的有趣，离社会距离太远，管理制度不够人性化，学习氛围不浓，等等。此外，学分制的实施，使得班级活动变得功利化，社会活动与社团活动的开展也转移了一部分同学对班级活动的关注。这些都对班级活动的开展造成了一定的阻力。

（三）缺乏规范的班级管理制度和新颖的管理模式

大一新生大多有较强的自我独立意识，乐于追求个性，部分同学对传统的以辅导员为主体的大学班级管理体系有一定的抵触情绪。在学生看来，这种传统的管理方式在某种程度上剥夺了大学生自我管理与服务的机会，削弱了学生的积极性和主动性。

（四）缺乏优良的班级学风

班风影响着班级凝聚力，优良班风是班级凝聚力产生的动力。大一新生刚从高中紧张的学习环境中解放出来，大学宽松的学习环境让他们找不到学习的动力和目标。而部分自制力较差的同学则沉迷于网络游戏，导致上课无法集中注意力，课下不能及时复习和预习，甚至还会经常迟到、旷课。还有部分同学缺乏对专业的全面认识，专业认同感不强，导致学习的积极性和主动性不够。一个班级学风的整体情况又直接影响其凝聚力的形成，二者相辅相成。

四、具体的解决措施

针对班级凝聚力建设方面存在的问题，我主要从班级文化建设入手，结合专业特点打造特色班级活动；以班级管理团队建设为桥梁，建立班级内部凝聚机制；以学风建设为主线，打造优良的班级学风。针对这几个方面制订具体措施，使班级的凝聚力不断加强。

（一）以班级文化为重点，建立营造班级氛围的互动机制

班级特色文化具有一种无形的教育力量，对学生具有潜移默化、深远持久的影响。通过班级文化的建设，让学生感受到自己所在集体的独特性，进而产生班级荣誉感和认同感。为了加强班级特色文化建设，我在2015级会计班开展了多种形式的班级文化建设活动。

在教室文化中，在学期初的班会上，我会带领班级宣传组成员讨论商议本学期几次板报主题，并结合会计学专业特色，制作相关主题的黑板报。每一期黑板报版面设计合理规范，报头制作突出会计主题与当期热点，插图搭配合适，书写正确端正。黑板报给同学们传递了积极向上的正能量，引导同学们增强对会计学的专业兴趣，拓宽了同学们的视野。

班级文化墙建设是2015级会计班在进行班级文化建设中的一项重要举措，创造了以会计文化知识和会计职业道德素养为主题的班级文化墙，张贴了宣传标语、各类优秀文章、优秀大学生事例、会计所必须遵守的准则等，丰富多彩而又别具特色的文化氛围展现出独特的会计学专业风貌。班级公约使同学们时刻谨记规章制度，醒目的标语与名言警句使同学们珍惜时间努力学习，各种活动照片在给同学们带来美好回忆的同时，又让他们感受到集体的温馨与快乐。2015级会计班的班级文化墙融知识性、教育性、艺术性于一体，达到了润物无声的教育目的。通过班级特色文化建设，让学生感受到自己所在集体的独特性，进而产生荣誉感，增强班级凝聚力。

宿舍文化建设也是班级文化建设的重要方面，整洁、和谐、温馨的宿舍文化氛围，可以迅速加深同学之间的感情。平时，通过开展宿舍间的各种比赛，并发动宿舍轮流承办各类活动等方式激发学生的热情，加强宿舍与宿舍之间的沟通与交流，使之成为学生情感的纽带。

当然班级文化建设仅停留于线下是不够的，2015级会计班特别组建了新媒体运营小组，开展“线下活动，线上宣传”工作。在线上展开了班旗的设计，确立了班歌、班级口号及班级公约；划分团小组，确定团小组组长，设计各团小组旗帜；建立班级岁月日志，记录班级经历的点点滴滴。积极利用QQ、微信、微博、学校学院相关网站等平

台，将班级特色活动及时整编成图文并茂的材料，通过多种渠道扩大班级的影响力。同时，学生们积极利用新媒体，将班级事务与学习问题放到线上讨论，将许多教学知识寓教于乐，提高了学生的学习乐趣。积极利用网络社交平台，加强班级同学交流，建立资源共享平台、信息发布平台、增加活动参与度，形成永久班级。

（二）以特色班级活动为载体，建立培育集体观念的教育机制

在学期初，结合学校和学院的素质拓展规划，遵循“新与实相结合”的原则，在班级内部广泛甄选班级活动的主题与策划方案。班级内部以团小组为单位提交一份活动策划方案，在对活动可行性全面分析的基础上经过班级民主评议，最终形成本学期班级活动规划表。

通过户外素质拓展活动引导学生“走下网络、走出寝室、走向操场”。2015级会计学专业女生较多，班级氛围较为沉闷，为此我邀请休闲体育专业同学结合班级特点开展有针对性的素质拓展训练，分别以“团队合作，冲出亚马逊”和“传承五四薪火，展现青春风采”为主题进行过两场户外拓展训练。在此过程中，指导教师根据学生的专业特点和班级现状精心设计各种集体户外项目，然后由学生参与到具体的拓展项目中，通过自己与团队其他同学的配合共同完成各项任务，最终建立起团队之间的信任与合作，拉近学生之间的感情。

此外，班级成员之间充分的沟通是加强集体凝聚力、增强班级认同感的有效举措，利用好“网络”这个平台，积极发挥其在信息传达与沟通方面的便利。在2015级会计班内，我们成立了班级“话题选定”小组，经民主评议后，选定主题，约定时间，利用自媒体，给每一个同学做“栏目主持”的机会，展示同学们在专业之外其他领域的学习成果。为了保证活动的效果和吸引力，专门设置新媒体小组负责信息的及时更新。“网络”这个平台成为同学们展示才华的地方，更是他们进行心灵沟通、加强班级纽带的家园。

会计专业新生的专业学习离不开财经背景，因此，在班级层面，我们开展了一系列将大家的专业课学习与时政财经新闻相结合的活动。例如，在2015级会计学专业中坚持“一周财经播报”和“我评大财经”的周汇报活动，每周由一个团小组的成员负责一期播报，内容

涵盖“国际国内时政要闻”“经济热点词汇解析”“财经专家精彩点评”和“推荐阅读”四个模块。每一组成员通过组内分工、汇报，以及之后的材料整合加强沟通，而各组成员又定期和其他组交流方法与分享经验，无形中大家的互动和交流也愈加频繁，集体的凝聚力也逐渐提升。

坚持学生自行打造特色班级活动，使学生的主体地位得到提升，积极性更加高涨，他们更能体会自己置身于一个幸福、团结、温暖的集体中，对班级产生一种舒适感和信任感，在学习和生活中保持轻松的心情。同时，这些活动也为同学们提供了展示自己的舞台、公平竞争的赛场，使他们能在公平、公开的氛围下，展开适度的竞争，有助于他们一直保持拼搏向上的精神。

（三）以班级管理团队建设为桥梁，建立班级内部凝聚机制

优秀的班级管理团队不仅有助于学生日常管理，更能够形成带动效应，增强班级凝聚力，提高集体荣誉感和归属感，营造良好的学习氛围。传统的依托班委团队管理班级往往会使班委和其他班级成员之间产生隔阂，班级的管理和建设工作往往都演变成主要班委的职责，长此以往，普通同学慢慢失去了参与班级事务的热情，而班委也会因为过多的任务而感到疲乏，班级的凝聚力因此削弱。

多元化的班级管理团队打破以往的单一团队模式，根据班级日常事务的具体内容，将班级全体同学分为几个特色工作小组，如纪律小组、学习小组、劳动小组、宣传小组、新媒体运营小组、文体小组、班务策划活动小组等。每个特色小组由相应职务的班委担任组长，由组长组织组员负责班级相应的具体事务，并做好考勤与记录工作。

在班级自主管理建设中，班委团干不仅是日常具体事务工作的参与和实施者，更是整合班级资源以组织和协调各项工作的主导者。而作为辅导员，在“用”他们的同时更要注重“培养”。因此，我通过“辅导员讲座”，对各管理团队进行定期的培训与交流，大家将各自领域的工作进行阶段性总结，并提出下一阶段的工作设想，使得管理团队在沟通和交流中不断成长，从而更好地拉动整个集体的力量，增强班级的凝聚力。

（四）以学风建设为主线，打造优良班风

学习是学生的首要任务，学习上的交流能促进大家学习的进步。会计学专业的课程比较繁重，而且需要考取较多资格证书。因此，我在2015级会计学专业创建了“传—带—帮”学习链条以优化班级的学风建设，进一步加强班级凝聚力。

“传”主要是指结合经管学院的“本科生导师制”“企业家大讲坛”等平台，优秀校友、企业成功人士、教学科研经验丰富的导师结合自身的学习与成长经历对学生进行各种形式的“传道授业解惑”，让他们从各个层面认清自身所处的阶段，及早规划自己的大学职业生涯。“带”主要是指将优秀学长学姐的个人成长经历通过经验交流会和新生分享经验，带动大家从分享与交流中收获成长。同时，也借助经管学院“116工程”，以高年级党支部一个党员带动低年级十六位新生的帮扶行动，为新生的成长提供指引。而“帮”主要是指在大一时期成立学习小组，组内同学依据自身情况制定目标，一同探讨问题，交流心得，互帮互助，共同进步，促进了班级的学风建设。学业指导不一定局限在课堂之内，而应贯穿于学生的生活。为此，我将2015级会计专业学生按照学习兴趣进行分类，组成若干个小组，每组同学带着一周学习产生的问题利用晚自习交流，每个人可以根据个人情况进行组间的调整。该专业的同学依据各自学习特长分成了几个不同的小组，A组同学主要是数学方面比较擅长的同学，他们负责整理出一套重点题集，上面收集了一些重点和难点题型，班级其他同学都可以借助这套题集补缺补差；B组同学擅长导论类课程的学习，这些同学根据专业课的基础知识进行发散性思维，并热衷于查阅论文，因此积累出一套专业拓展资料，其他学术观念较为薄弱的同学也可以借助于这套资料拓展自己的专业视野；C组同学主要是收集各类考级考证信息，而相关信息同样是在班级共享，让所有的同学针对不同类型的考试早做准备。小组合作学习这一模式不仅给组内成员提供了互相学习、互相帮助的机会，同时也整合了不同的学习资源，此外还将教师的主导作用和学生主体地位相结合，提倡学生主动参与、合作探究，提高获取知识的能力、分析和解决问题的能力及交流合作能力。

五、成效

通过建设班级文化和开展特色班级活动，让每一位学生可以通过各种途径去发挥个人潜力，为每一个同学提供发现、尝试、锻炼和证明自己的机会，在提升个人自信的基础上激发大家共同向上。

通过组建多元化管理团队，激发了大家参与班级事务管理的积极性和主动性，让大家可以充分发挥各自的特长，增强了每一位同学的班级主人翁意识，也使得各个团队在日常工作中保持密切的沟通与交流，从而使集体的凝聚力不断增强。

最后，良好的班级学风建设促使学生自觉制订学习计划，有了奋斗目标；浓厚的学习氛围进一步促进了全班同学努力学习，共同奋斗，形成强大的核心力量，自然形成一个宽松、和谐、友爱、信任、团结、向上的班集体。

六、反思与总结

（1）辅导员开展班集体凝聚力建设应抓住大一这个关键时期，将班级的各项工作形成规范，使全员参与班级事务管理变成一种习惯，接下来的工作要根据班级发展需要及时进行调整，时刻鼓励班级成员。

（2）提升班级凝聚力需要辅导员对班级学生放心、放手、放权，但并不等于辅导员可以对班级放任不管，对学生“自主”的管理要时刻保持关注，不断强化学生“三自”功能，及时纠正学生在各项自主管理和活动开展中存在的具体问题，要具体问题具体指导。

（3）辅导员针对班级凝聚力建设过程中出现的各种现象和问题要果断采取奖惩措施，使学生清楚地认识到优点和不足，并在日后的工作中发扬和纠正。

第三篇

学业指导

探索与实践:2012级中文师范生从教技能

——课外训练与提升

吴青山

一、背景

新生入学不久，在班级生涯规划意识教育培养和职业生涯规划活动中，学生王某找我倾诉她的苦恼：通过一系列的职业生涯课程与活动的开展，完成自我分析、环境分析等环节后，基本确定自己的职业定位为中学语文教师，但在进行职业测评及路径实现的环节中，却产生了很多困扰，主要集中在两个方面：一是未来教师到底需要熟练掌握哪些从教技能，二是如何有计划、有规律地提高自身从教技能。

针对王同学的困惑，我利用教授班级职业生涯与发展规划课程的时机，开展了学生职业生涯与发展规划测评，结果显示汉语言文学专业（师范）83%的学生未来职业目标定位为中小学语文教师，但近90%学生对自身师范生从教技能感到担忧。为此，在充分调研的基础上，我拟定了2012级中文师范生从教技能课外训练与提升计划。

二、思路与举措

（一）工作思路

师范生从教技能课外训练与提升计划，以培养“张口能说、提笔能写、乐教敬业”的中文师范生为目标，从大一到大四，系统规划师范生技能培养工程，培养更多师范生走上讲台、站稳讲台、留在讲台。

（二）工作举措

1. 多途径强化口语表达训练，让学生“张口能说”

启动“本科生读书计划”，2012级汉语言文学专业坚持“经典晨读”活动两年，学生在《诗经》《论语》等经典的熏陶中，积淀了自身内涵。长期组织“课前三分钟演讲”，在班级学习委员的组织下，每学期每位同学均需在课前完成一次主题演讲，锻炼了学生在公众场合的语言表达能力。定期举办“普通话培训”讲座，邀请具有国家普通话测试员资格的教师为学生传授发音方法与技巧，力促学生普通话测试达二级甲等以上水平。结合学院专业拓展类精品活动，鼓励学生积极登上话剧会演、诗文朗诵的舞台，引导学生学以致用，最大可能地锻炼学生的语言表达能力。利用五四爱心学校的实践平台，组织学生参与五四爱心学校无偿助学，每周完成不少于两个小时的教学实践，为师范生教育教学实践提供了稳定的平台。每学期主办一次班级师范生教学技能竞赛，从教学设计、说课等方面，全面提升学生“说”的能力，并以“模拟课堂”的方式，让学生学习如何使用现代教学工具，如何把握教学进度，提高课堂掌控能力。

2.全方位加强书写与写作训练，让学生“提笔能写”

“写”的能力包括两个方面，即汉字书写能力和文学写作能力。在汉字书写能力培养方面，启动“硬笔书写过关测试”，为每位学生配发硬笔书法练习本，并通过“训练—测试—训练”循环式强化训练，提升学生汉字书写能力。组织“小黑板进宿舍”活动，为每位学生配发小黑板和粉笔，建立学生“三字”档案，督促学生提升汉字书写能力。在文学写作能力方面，开展“本科生科研计划”“原创作品大赛”两项活动，通过原创作品大赛、学年论文计划等，鼓励学生开展各类文学作品的创作，分类推荐优秀作品参加“挑战杯”大学生课外学术作品大赛、全国大学生写作大赛、校科研论文大赛。

3.系列化主题班会全面解读，让学生“乐教敬业”

结合专业特色、学生特点和时代特征，系统设计专业提升类主题班会：大一学年围绕学生生涯规划，召开了“我的大学，我的梦”等主题班会，明晰专业成长方向；大二学年围绕师范生基本技能养成，召开了“中文，拿什么爱你”“师范技能一二三”等主题班会，全面解读师范生从教技能的培养过程；大三学年围绕未来教师师德培养，召开了“站在专业发展的岔路口”“良师的良方”等主题班会，引领学生培养良好师德；大四学年围绕就业导航，召开“我的名师梦”主题班会，结合教育实习实践，向中学一线名师学习，引导学生追求卓越语文教师梦。

三、实施过程

（1）2013年7月—8月，认真组织暑期社会实践，组建暑期支教团队，提升学生从教技能和职业素养。

（2）2013年9月—12月，落实“师范生技能培养工程”；邀请专业教师开展普通话测试讲座；落实“小黑板进宿舍”计划；检查、督促学生参与普通话测试、“硬笔书写过关测试”，并建立相关档案；启动“本科生读书计划”和第一届原创作品大赛。

（3）2014年1月—6月，持续开展“师范生技能培养工程”；强化学生普通话及口语表达能力训练，落实“课前三分钟演讲”等活动；开展优秀读书笔记评选、读书报告会等活动；坚持开展“天天小黑板”活动；开展话剧创作及话剧汇演等活动；开展原创作品大赛等。

（4）2014年9月—12月，持续开展“师范生技能培养工程”，启动“本科生科研计划”和第二届原创作品大赛，组织开展模拟课堂等。

（5）2015年1月—6月，持续开展“师范生技能培养工程”，完成“本科生科研计划”，继续组织实施模拟课堂，开展诗文创作及诗文朗诵大赛等。

四、成效与收获

（一）学生写作水平有明显提升

师范生从教技能课外训练与提升计划实施3年多来，2012级汉语言文学专业学生在《中国大学生在线》《时代文学》《中国诗歌》等期刊杂志公开发表各类文章500多篇，总计110多万字，人均超过2篇；在凤凰网等媒体平台连载小说6部，总计30多万字；110余人次在各类写作大赛中获奖，其中，获得第九届、第十届全国大学生写作大赛一等奖4项，二等奖24项，三等奖若干；14篇文章被收录至《全国大学生写作大赛优秀作品集》出版发行，60多人的文章被收录至《文苑初鸣集》（安徽师范大学出版社出版）；涌现出张家强、徐炜红、刘凯鹏、潘瑞等一批优秀通讯员，由张家强同学筹建运营的中国大学生在线校园网络通信站获评教育部中国大学生在线“优秀校园网络通信站”。

（二）学生师范生技能有明显提高

师范生从教技能课外训练与提升计划实施3年多来，2012级汉语言文学专业学生积极投身技能培训，综合素质有明显提高：普通话二甲通过率达95.58%，其中4人达普通话一级乙等水平；学生荣获各类朗诵、演讲比赛奖项50多个，斩获各级各类师范生教学技能竞赛奖项20多个，其中施瑶同学获得第三届全国高等学校师范生教学技能竞赛一等奖（赛事最高奖项，创我校学子在该项赛事中的最佳成绩），2人获校师范生教学技能竞赛一等奖，8人在学院第十一届、第十二届师范生教学技能竞赛中获得一等奖。

（三）学生职业精神有明显提升

2012级汉语语言文学专业学生中有210多人参与志愿服务，占该年级专业学生总人数的85%。80多人在五四爱心学校志愿服务2年，60多位同学被岳西县团委、芜湖市青年志愿者协会、安徽省社工协会等单位表彰为“优秀志愿者”，涌现出王淼、许志恒、郭天宇等一批志愿服务典型。其中，王淼同学担任五四爱心学校校长，三年间志愿服务近400小时，荣获校首届优秀青年志愿者；施瑶同学成为校研究生支教团成员。同学们在服务他人中锤炼自身的素养与技能，更在实践中强化爱心与责任心，为成就未来教师奠定坚实基础。

五、总结与反思

一是围绕第一课堂，“量身定制”是前提。我校实施三个课堂联动育人的人才培养模式，围绕第一课堂衍生出的第二、第三课堂的内容是对学生最有益的补充和提升。师范生从教技能课外训练计划紧紧围绕本专业第一课堂的基本要求，突出训练过程，强化技能提升。

二是抓住学生兴趣，搭好平台是关键。抓住学生兴趣，解决学生“做什么”的问题；搭建好与之相匹配的训练平台和载体才能解决“怎么做”的问题。师范生从教技能课外训练计划紧紧围绕学生兴趣搭建了“写”“说”“教”的平台，充分利用网络媒介与传统纸媒、校内外实践基地等载体，为学生发表文章、参与实践教学等打通了渠道。

三是把握项目主题，系统规划是核心。学生在不同年级呈现出不同的成长需求，规划好每个年级的训练内容才能吸引学生的关注与参与。师范生从教技能课外训练计划从大一到大四系统规划，从基本素养到综合能力提升，各个阶段训练各有侧重，训练计划得到有效落实。

课堂手机入袋，拒做低头族

——关于课堂手机集中管理的案例介绍

徐　玲

一、目的意义

课堂上实行手机集中管理，课前将手机集中入袋，打造“无手机课堂”，对培养学生专心学习的好习惯，营造优良学风具有重要意义。第一，没有手机游戏、网络的诱惑，学生能够集中注意力认真听课，对帮助学生认识和理解课堂知识具有重要作用；第二，减轻了教师在授课之余还要维持课堂纪律的压力，让教师能将更多的精力和更饱满的热情用于教学之中；第三，课堂学习质量的提升有助于提高学生的学习兴趣和信心；第四，为进一步创造良好的学习环境，形成浓郁、进取的学风打下坚实基础，对学院教学改革的深化、教学质量的提高和人才培养目标的实现具有重要作用。

二、背景

随着科学技术的发展，智能手机集娱乐性、服务性、便捷性于一体，在中国得到迅速普及。其中，大学生是智能机使用者的主体。我们针对大学生使用智能机情况进行了调查，结果显示：被调查的在校大学生中，超过九成拥有智能手机；拥有手机的学生中，超过九成会带手机去上课，17%的被访大学生平均每节课使用手机上网超过30分钟。智能手机在课堂上的使用，已经严重影响了第一课堂的教学质量，影响高校优良学风的构建与培养，教育和引导学生杜绝在课堂上使用手机迫在眉睫。

三、主要做法

（一）前期准备

1. 现状调研

通过问卷调查、寝室走访等形式对学生上课玩手机的现状进行调研，掌握学生对手机入袋的看法，特别是起初对手机集中入袋存在不解、抵触情绪的同学，让他们了解实施手机入袋制度是为了帮助他们更好地规范课堂行为，提高课堂效率，让他们从内心接受并支持该做法。

2. 思想引导

通过主题班会，深入课堂、寝室等方式，向学生传递手机袋使用的目的和作用，告诉同学们如果有很好的自我约束力，可以不将手机集中入袋，但课堂上决不允许用手机玩游戏；如果无法“控制自己”，就用手机袋端正自己的学习态度。

3. 手机袋购置

手机袋通过购买或学生手工制作。手机袋的外观：每个手机袋外贴上学号尾数，手机袋一排排整齐分布在一张大板上。

（二）具体实施

1. 专人负责制

为保障此项措施高效有序进行，本次课堂手机集中管理采用专人负责制，即每班安排两名班干具体负责，一人负责手机袋的保存与管理，一人负责统计实施情况。

2. 分班实施

班级配备手机袋，同学们将手机放入自己学号尾数的手机袋中，上课前由班干部挂在前排桌子上或墙上。同学们进入教室后将手机关机，或者调成振动、静音模式，然后统一装进收纳袋里，下课再自行取走。

3. 及时反馈

手机袋平时由两名班干部保管。通过袋上的学号可以清楚地看出哪位同学没有将手机放入袋中，一名班干负责手机袋的保存和悬挂，一名班干负责未将手机放入袋中人员的记录，以及在课堂上玩手机人员的考勤。辅导员针对课堂上手机未入袋却又拿出来玩的同学进行批评教育，帮助规范课堂行为，提高课堂效率，树立学习目标。

四、主要成效

（一）学生学习效率得到提升

通过提倡课堂手机入袋，学生在课堂上玩手机的现象明显减少。特别是在针对“漏网之鱼”的约谈之后，学生首先从思想上意识到自身问题，后期学习状态明显改善。

（二）教师教学效率得到提升

有辅导员老师反映，他曾发现某课上有十几个同学都在玩手机，同学听课不认真直接造成教师授课的热情大打折扣。通过手机入袋，教师在良好的课堂氛围下教学，教学的效率大大提高。

（三）学生的自我约束和自我管理能力得到提高

从最初的不解、抵触，再到接受、理解，直到即使没有放入手机袋，同学们也能够保证上课不拿出手机，能够管住自己的手，管得住自己的心，自我约束和管理能力得到提升。

五、有待解决的问题

（一）花费时间较长

学分制的培养模式导致学生上课的教室是不固定的，班级手机袋需要不断“转移”，这给负责保管的班干工作带来困难。因为要求在课前就要挂好，有时两个教室的距离较远，再加上学生将手机放入袋中需要时间，一度出现上课铃声响了，还有学生的手机未放入袋中。

（二）部分学生自觉性不够

有些学生自觉性不够，不愿意将手机放入袋中，甚至认为手机是自己的私有物品，老师无权要求他放入袋中，有时会谎称自己没有带手机，而上课时又将手机拿出来玩。

（三）执行力度有待提高

每位辅导员都带多个专业，不可能每节课都到教室查看大家的手机入袋情况；而负责监督的班干，有时碍于同学关系等原因也没有将最真实的情况反馈给辅导员，以致出现很多的“漏网之鱼”，部分教师认为手机入袋会耽误他的上课时间，也没有很好地去监督学生手机入袋情况。

六、启示

（一）辅导员与教师达成共识是基础

授课教师是辅导员开展手机入袋工作的重要支持者。在实施前，辅导员应取得授课教师的理解与支持，发挥好两者的合力。除了辅导员要监督管理之外，一线授课教师应关注学生上课手机问题。一方面，要严格处理上课玩手机的同学，或以提问的形式，或以点名提醒的方式杜绝学生上课玩手机，避免出现课上学生玩手机而教师却不闻不问的现象；另外一方面，教师在课前要引导和督促学生将手机放入袋中，教师的引导和督促，效果不容小觑。

（二）做通学生的思想工作是关键

强制约束学生课上不使用手机并非管理的本意，帮助学生克服惰性，摆脱对手机的依赖是开展“手机入袋”工作的目标。理性教育比机械地执行规定更能使学生接受。可以通过寝室走访、主题班会、谈心谈话等形式帮助同学们正确认识“手机入袋”工作。当学生不自觉的时候，多一些教育和引导，切忌机械、粗暴地执行规定要求。

（三）营造浓厚的班级学习氛围是根本

实施“手机入袋”与加强班级学风建设相辅相成。营造浓厚的学习氛围是形成优良学风的基础，也是“手机入袋”工作的目的。可以从提高教师教学水平、加强学生思想引领、构建全员育人格局等方面着手，帮助学生确立学习目标和努力方向，提升学习兴趣，增强自控力，使“手机入袋”工作真正能外化于行，内化于心。

一例新生专业思想问题的教育引导

徐雅萍

一、目的意义

在高等教育制度视阈下，专业认知教育在高校培养全面发展、高素质专业人才中处于十分重要的地位。如何及时有效地提高大学新生对专业的认知度，引导学生理性、客观、全面地认识专业，激发学习兴趣，规划职业生涯，是摆在高校思想政治教育工作者面前的一项重要任务。下面通过一则秘书学专业学生的案例分析，回顾对新生专业认知问题的教育引导过程和方法，从中探讨如何进一步在实践中做好新生专业思想问题的引导工作。

二、背景

王某，大一男生，上海人，调剂进入秘书学专业学习，入学不到一周提出退学申请，表示对所调剂专业不满意。后经辅导员与本人及其家长沟通，决定继续学习。该生大一上学期转专业失败，在接下来的学习过程中，出现上课睡觉、听音乐、迟到早退，甚至逃课的现象，严重影响自身课堂学习质量。大一的期末考试中，三门课程挂科，需要重修。据同学们反映，该男生为人仗义，乐于助人，人际关系较好，也曾参加学院班级的文艺活动，唯独对专业学习提不起兴趣，甚至抱有抵触情绪，学习态度极其不认真。如果不从思想上加以教育引导，该生将无法跟上正常的教学进程，无法按期拿到学历、学位证书。

三、原因分析

根据王某在课堂上的表现，通过与王某本人、家长以及宿舍同学

的交流，初步推断问题产生原因有以下几个方面:

（一）专业认知不全面

一是专业选择并非自主意愿。秘书学专业大多数学生是经调剂进入秘书学专业学习的，王某说其高三时候的理想是考入警察学校，因分数原因选择了离家较远的学校，又调剂了专业，一切都没有按理想的轨道发展。

二是受传统观念影响，对秘书职业存在偏见。王某认为秘书学专业就业对口企业秘书，他将来不想成为秘书，所以学得怎么样也并不重要。当亲戚朋友问到自己的专业，他都不想说是秘书学，一是因为大家会惊讶还有这个专业，二是会说毕业就成为男秘书，让他十分尴尬。

三是专业男女生比例较为悬殊。王某所在的班级共有89名学生，其中男生7名，女生82名，男女生比例近1∶13，这让王某感觉这个专业并不适合男生，对专业学习有心理隔阂。

（二）家庭引导不到位

王某的父亲是村干部，受家庭影响，王某倾向于毕业后考“村官”。其父亲所在的乡村，也有一些刚毕业的大学生，其中有些人工作能力并不突出，工作反而比较清闲，而收入待遇也差别不大。这些认知直接影响到王某的人生观和价值观，影响其自身定位。

家长也了解孩子在学校学习的情况，但王某在家中比较受宠爱，一向我行我素，对于父母的劝告并不上心；且其父母也不清楚秘书学到底是学什么的，家里又可以提供就业资源，找一份工作并非难事。因此，对王某的学习不太重视，只要求其生活好即可。

（三）自我要求不严格

该生为上海学生，投档分数较低，学习较大多省内学生较吃力，且抱着“反正学了也没用，混毕业就行”的心态，放松了对自身的要求。辅导员监考时发现，其答卷速度特别慢，且开放性题目答案字数都很少，没有给分点。他自己解释说有一门专业课挂科是因为在考场上睡着了，试卷反面一个字没写。

王某生活上较随性懒散，学习上惰性较大，自我约束能力差。课余时间多在宿舍玩电脑，靠点外卖解决吃饭问题，也不和室友一同去教室。晚上常常熬夜，导致第二天早上起不来，上课迟到，甚至干脆逃课。

四、解决措施

在了解和分析的基础上，对该生的教育转化做了以下几方面的工作。

（一）通过深入交谈，获得学生信任，使其放下心理防备

一年来，我与该生多次谈话，考虑到男生的自尊心，大多数谈话都选在没有其他同学在场之处，尤其是第一次，正好是他来办公室拿明信片，办公室只有我们两个人。我以一个辅导员和同专业直系学姐的身份，先向他倾诉了我刚上本科时对专业的错误认知，以及我虽然学习了秘书学专业，但就业时却成为辅导员的实际情况。在我说完之后，他感到辅导员并没有因为他成绩排名班上倒数第一而对他产生偏见，也放下防备之心，谈起了自己高中时的目标以及目标没有达成的失落。在我的引导下，他如释重负地诉说了进入大学的迷茫与纠结。后来几次他又陆陆续续谈到其他的问题，如觉得专业课程学不到实质性东西，职业目标是大学生村官，与同学们相处得不错等。我紧紧抓住这几点作为对其开展教育转化的突破口，与学生家长取得联系，向他们介绍秘书学人才培养方案，借助家庭的力量引导王某形成正确的价值观，认识到专业学习的重要性。

（二）改变学生专业认知，以班级建设带动个人发展

对专业认知度低在秘书学专业学生中并不是个别现象，所以我着力提高学生对专业的认知度，通过各种活动提升学生的自豪感和自信心，以集体氛围感染和影响每一个个体。在这个过程中，重点调动王某的积极性，让他参与其中。

1. 班会座谈，树立专业思想

召开专业学习主题班会。请包括王某在内的几名学生作为小组代表回答问题，在交流中启发对于专业的思考。邀请秘书学专业主任王茂跃等教授做讲座，组织学生拜访秘书学专业主要创始人之一的杨树森教授、采访秘书从业人员。王某担任采访者，与老师们面对面交流，提出自己的疑问，说出自己的困惑。在王某参与讲座和采访后，及时了解他的想法。

2. 榜样引领，增加专业认同

举办新老生经验交流会，邀请秘书学高年级优秀学子讲述成长经历。其中一个男生主讲的内容是“学渣逆袭之路”，以轻松幽默的语言讲述自己从成绩落后到领先的艰辛历程，并畅谈自己在“逆袭”过程中是如何战胜自我的，这让王某对自己的学习有了新的认识。讲座后，针对王某已挂科的科目，安排班级成绩较好的同学一对一监督帮助，让王某感受到班级的温暖，缩小与同学们在学习上的差距。

3. 特色活动，打造专业品牌

开展《秘书实务》课程调研。王某在调研中负责个别访谈模块，他提出想听听我对于大学生就业的看法，我很乐意地接受了采访，并在这个过程中不断肯定他的表现和他在团队中发挥的作用。

打造特色活动——秘苑新闻场。采取学号抽签的形式选择主播，我则在抽签时稍做调整，让王某和他的室友被抽到。两名男生非常认真地进行了准备，新闻播报以王某最感兴趣的脱口秀形式进行，让同学们耳目一新。

举办国际秘书节活动。活动分为主题演讲、技能大赛、礼仪宣讲、美妆课堂等环节。因班级男生较少，我鼓励包括王某在内的所有男生身着正装，作为班级“门面担当”，面向全校师生解读现代社交礼仪，以所学专业知识展示风采，提升自信。

（三）结合职业定位，帮助学生明晰专业学习目标

王某的职业目标是大学生村官，而每一届秘书学专业毕业生中都有成为大学生村官的。因此我联系了毕业后成为“村官”的2010级秘书学学生石某。我想石某或许更能设身处地地了解王某的想法，便促

使二人通过电话、微信进行交流。因为是男生，又有共同的职业愿景，王某和学长交流得很愉快。石某将自己适应大学生活、专业学习以及就业的经历讲给王某听，告诉他大学一定是在学的过程中体会要学的东西，而不是还没了解和尝试就因为和自己的设想有差异而选择放弃。这样的交流让王某真切地认识到将秘书岗位片面地定位为企业秘书的想法是偏颇的。石某坦言，自己在走上工作岗位后，非常后悔在大学中没有认真学习专业知识，扎实锻炼专业技能，等到要应用时才发现秘书学所学非常实用，这让王某大受启发。

五、主要成效

对专业有了深入的了解后，该生的学习态度明显端正了很多，几乎不逃课了，上课也能记录笔记，在大二的期末考试中只挂科一门，且分数为59分，可以获得重考机会。他主动向室友寻求学习上的帮助，争取在重考中顺利通过。在对专业的认知上，他了解到秘书学所学课程涉及多个学科，且很多偏向实践应用，这些知识和技能将来无论从事什么职业，都会有用武之地，对他实现大学生村官的目标更是大有帮助。因为在学习上投入的时间比原来多，他打游戏的时间相应减少，更好地融入了寝室，与室友在专业联谊晚会上合说相声、表演情景剧，共同参与微电影拍摄活动，赢得了老师和同学们的夸赞。

六、总结思考

新生刚迈入大学，还没有适应大学的学习生活，大多数学生对于专业学习无从下手，这时候学生工作者的引导会使学生在随波逐流、迷茫无助时找到方向，带着目标和信心去学习。通过王某的案例，我有以下几点思考：

（一）设身处地考虑学生的心理感受

对于学生出现的种种问题，我们虽然可以采取强制性约束和惩罚性手段，如扣日常表现分，告知学生如果不好好学就毕不了业，公布排名进行点评等，但这样的方法容易伤害学生的自尊心，也容易让学生产生逆反心理，索性破罐子破摔，出现更为严重的问题。

作为思想政治教育工作者，我们要基于对学生心理情况的了解，立足心理学知识，尽量从教育引导的角度出发，设身处地地换位思考，站在学生的角度分析原因，找到问题症结，这样才能更有针对性地提出解决措施。

学生处在刚刚成年的年龄阶段，才开始尝试独立生活，情感打动往往最能听到学生的心声，在解决问题时事半功倍。

（二）辅导员应加强对所带专业的了解和认知

很多时候，辅导员自身所学专业与所带学生并非同一专业，甚至不是同一类别，虽然说专业教学是授课教师的职责，但辅导员对所带学生专业的人才培养方案、课程设置、就业方向及前景等有一定的了解，会使师生之间更有共同语言。当学生因为专业认知不到位而产生各种问题时，辅导员可以更好地帮助引导学生解决问题，找到教育转化的切入点和突破口。

（三）充分利用榜样和集体的力量去感染激励学生

榜样对于学生的激励作用是巨大的，当学生看到本专业优秀学长、学姐的成长之路，一定程度上会冲击他们对于专业的固有观念，照着榜样的路径去努力。

班级的风气会对班级中每个学生的成长产生影响，所以当学生对专业的认知度不够时，尤其是一些新兴专业，就得从整体教育入手，巩固专业思想，增加学生对专业的自豪感和认同感。当这个集体很出众时，学生就会觉得处在集体中的他们是骄傲的，是应该努力奋斗的，这样才能用理性的观念和态度去看待自己的专业，主动地投入专业学习。

学业指导助推学生成才

——一例学业指导的典型案例

杨　静

一、目的意义

当前，我国高等教育由精英化向大众化转变，当代大学生的教育需求日趋多元化、全面化，且更加注重自我素质与能力的提升，高质量人才培养的要求使高校辅导员的角色定位发生新的变化。为进一步促进学生依托自身特点全面成才，作为学生日常工作的组织者、实施者和指导者，辅导员担负着巨大的引导职责。从我工作八年来的实践来看，学业指导已成为辅导员日常工作内涵的拓展，更是加强和改进大学生思想政治教育的新要求。

二、主题

依托学业指导，立足专业，以生为本，个性深入，全方位、多角度助推学生成才。

三、案例介绍

2012级社会学专业的范某，早在入学之初就曾多次与我交流，对本专业有强烈的排斥倾向，坚持要求转专业，但最终未能成功。

在其转专业失败后的半年里，她对所学专业的排斥表现得更加明显：平时很少与老师、同学交流，基本不参加班级活动；上课时看其他专业的书籍，不能专心听讲，甚至多次逃课去做兼职。

与她谈话沟通时，她直接表示十分讨厌这个专业，觉得学无所用，对自己的前途感到迷茫，找不到奋斗的方向。谈话过程中，明显感受到她抗拒继续接受专业课程的学习，并对大学生活感到失望，有较强烈的退学意愿。

四、案例分析

就我所带班级来看，像范某这样的学生并不在少数。自参加工作以来，我先后担任2008级历史学、社会学，2012级历史学、社会学和社会工作专业等班级的辅导员，这几个专业的学生录取调剂比例较大，绝大部分学生对专业不了解，对专业的就业前景和个人的发展感到迷茫。入学初，高达50%的学生准备转专业，甚至有部分学生产生了自暴自弃的心理。总体来看，主要存在以下三个共性问题：

（一）专业认知度低

很多学生对其专业的学科背景、学科性质、学科地位、学习方法以及专业发展前景都毫无了解，存在很多盲区和误区。此外，这部分学生由高中阶段的单一性学习转变为大学阶段的多元化学习，一时间无法适应，出现了严重的迷茫和焦虑现象。

（二）缺乏专业认同

案例中范某的想法具有一定代表性。该院2016年入学的新同学在问卷调查中填写“热爱所学专业”的不到35%，入学前对历史学、社会学和社会工作等专业有所了解的不到20%……由于缺乏专业认同感，学习积极性不高，在专业学习上“只求过得去、不求过得硬”。

（三）大学生涯规划不明确，对专业前景感到悲观

据笔者对某院大学生自己将来要从事职业的规划进行调查时发现：仅有31%的大学生清楚自己今后发展的职业方向，接近一半的大学生认为自己未来的就业前景不太乐观，甚至有15%的大学生对自己的就业前景感到悲观和茫然，面对压力无所适从；而在对具体工作内容和职业发展面临的优势与劣势进行调查时发现，有将近八成的学生不清楚。

五、解决问题的思路与举措

学业指导就是对学生在学习方面提供的指导和帮助，服务范围涉及与学习相关的方方面面，旨在充分利用学校的资源，设计反映学生

能力和兴趣的计划，确立符合学生个性发展的价值和目标。

针对上面的共性问题，笔者就自身经验，充分运用学业指导，从专业认知、专业认同感、专业认知行动等三个方面对提升大学生专业认知能力的可行途径进行探究，助推有同样需求的学生成长成才，提高人才培养的整体质量。

（一）多种手段结合，提升学生专业认知能力

首先，把专业认知作为入学教育的主要内容，将生动、翔实的专业介绍公布在校园网、微信群等学生易于获取的平台上，有效帮助学生形成准确的初级专业认知；其次，组织专业认知讲座、专业认知主题班会，进一步增强学生专业认知能力；最后组织专业认知实习，找到更多有效的活动开展方式，吸引学生积极地参与实践活动，得到关于所学专业的最新动态。

以范某为例，我鼓励她参加研究生学术报告月与校外专家专题讲座；带动她参与专业拓展活动，如读书报告会、社会调查等专业实践活动，特别是社会学专业开展的赴社区、学校、医院等地的志愿服务活动。自范某参与了多次专业课外实践之后，就对专业产生了一定的认同，并对所学专业产生了兴趣。

（二）主动作为，因势利导，强化学生专业认同感，促进学生的专业学习由“要我学”向“我要学”转变

首先，高度重视学生专业认同感的培养与教育，加强对大学生培养专业认同感的指导，在指导过程中通过发放反馈问卷、随机调查等方式积极获取学生反馈信息，了解学生实际所想，满足学生实际所需。其次，学业指导“因材施教”，对不同类型、不同需求的学生进行分类指导。在对学生进行合理分类后，针对不同类别学生的特点、需求等进行有针对性的内容、形式设计，提高学生对所学专业的归属感、自豪感。如可以邀请本专业的优秀毕业生为新生现身说法，以典型引路的方式提高学生对学习本专业的积极性；可以组织学生参加与专业有关的社会实践，培养学生的专业学习兴趣。最后，强化身教影响，整合不同学科的资源，打通系际沟通，充分利用学生的空暇时间，给师生间、生生间交流提供平台，为学生的大学生活和学习给予

更多的指导，从而避免大学生在今后的学习中产生盲目性和倦怠感，提高对专业的认同程度。

面对范某的专业认同问题，经过多次与她的专业课老师进行沟通交流，结合社会学专业理论性与实践性都较强的特点，我积极鼓励范某参与社会学专业的“关爱智障儿童”活动，还介绍她加入了社会工作专业的“江城社工”志愿服务团队，发展第二课堂，丰富课外活动，巩固和提升专业技能和素养，增强她的专业认同感。通过这些活动，她慢慢融入专业课堂学习中，专业认同感不断提高，经常参与班级的讨论，也时常会与我交流她的心理感受，与人交往的能力也在不断提高。

（三）针对职业生涯规划、学习障碍突破等个性化、隐私化的问题，采用一对一的学业指导模式

仍以范某为例，我采用诊疗型学业指导补充发展型学业指导，依托优秀教师资源，主动邀请专业主任与范某以学业问诊的形式和面对面的交流，帮助她明确大学生涯规划。

通过三种模式相互结合，形成立体多维的学业指导网络，对学生进行多角度、全方位、个性化、深入化的学业指导，解决学生各种个性的需求或问题，从而培养出高素质的卓越人才。

六、主要成效

通过多次深度辅导，范某对自己本科毕业后的发展方向有了明确的认识，学习更加勤奋，在专业基础课程上投入了更多精力。在日常工作和生活中，她也主动和老师、同学交流，积极参加各种班级活动。到了大三下学期，曾经想要退学的她向我咨询考研究生的事情，我为她提供了一些考研资料，并建议她多与专业老师和学长学姐联系。她积极备考，最终成功考上了南京师范大学研究生。

在我所带的学生中，与范某相似的有很多。分门别类、因材施教，不仅使同学们提高了专业认同感，还取得了较多优异的成绩。2008级历史学专业获评校“十佳班集体”，校首届“五四红旗团支部”；以2012级社会工作专业为主体的“江城社工”荣获安徽师范大学“十佳事迹”荣誉称号；2012级社会工作专业荣获校级“十佳班集

体”；在刚刚结束的第十四届“挑战杯”全国大学生课外学术科技作品竞赛中，社会工作专业王婷、吴娜、张忆涵三位同学的作品荣获国家级一等奖，社会学专业宋一墨、陈丽雯、赵前三位同学的作品荣获国家级三等奖、省级特等奖。此外，还涌现出了如校自强之星曹颖、体育全能之星汪洁、志愿服务先锋安丽泽等一批优秀典型。

七、分析与启示

通过对该同学的深度辅导，我对大学生的学业发展辅导工作有了进一步的思考和认识。结合我的工作实践，得出如下几点启示：

一是充分发挥高校辅导员的引导作用，牢牢把握住高校辅导员“思想政治教育”的“工作核心”，既要育人、引导人，又要关心人、帮助人。充分发挥辅导员在教育、团结和联系大学生方面的优势，竭诚为大学生的成长成才服务。

二是牢牢把握情感培养这个“基础”，建立良好的师生感情、生生感情，营造良好的学习氛围、生活环境。辅导员不只是班级日常事务的管理者，更要真正走到学生中去，了解学生存在的问题与困惑，做学生的“知心人”，唯有如此，才能建立深厚的师生之情。

三是充分利用学业指导这一利器，突出工作重点，重视学生个性，拓展学生素质，真正意义上帮助学生优化学习方法，提升学习动力，增强拓展能力，做好个人前景规划，实现全面发展。

如何保证学生大学四年不虚度呢？唯一的答案就是“用四年的时间，培养学生一生所需要的素质以及获得知识的途径”。这就要求充分发挥学院教师资源优厚的便利，把学生的书面知识与调研过程的实际操作结合起来、把学生人力资源的优势和专业课教师课题开展结合起来，切实培养学生的知识与技能。在实践与尝试中总结经验，不断创新，建立起全方位、多模式的学业指导体系，使他们真正收获成长。

第四篇

日常事务管理

以爱化心，以礼导行

——一例学生宿舍现金丢失事件的妥善处置

李碧鹰

一、背景

学生宿舍是学生在校生活最重要的场所之一，宿舍风气的好坏直接影响到学生在校的生活与学习状态，影响到学生的身心健康发展。大学生宿舍钱物遗失，是学生宿舍管理中经常遇到的问题，也是学生辅导员在学生管理中较为头疼的问题。本案例就是一起处理大学生宿舍遗失钱物问题的成功典型。

二、案例介绍

刘某，女，于2006年进入我院学习，被分配到同班的一个6人宿舍。入学参加军训时，她开朗、活泼，关心同学，热心为同学服务，和宿舍同学关系融洽。军训结束时，她所在的宿舍被评为“文明宿舍”。

军训结束，大家都脱下了军训服装，穿上了平时女孩子喜欢的服装，进入正常的学习阶段。刘某也和宿舍的其他女孩一样，不时地变换自己的服装，还经常和同宿舍同学讨论穿衣和服饰搭配等问题。但是，由于学生家庭条件以及学生本人自身条件的不同，有的同学穿着打扮非常“养眼”，走在路上总能获得较高的“回头率”，而此类同学往往也比较自信，脸上常常会有一点傲气，说话有时会咄咄逼人。刘某因为家庭和自身条件的原因，没有进入这一行列，和宿舍同学的共同语言也渐渐少了。

在这之后的一天，大家下午上完课回到宿舍，都把书包往桌上一丢，一起到水房洗衣服，宿舍只剩刘某一人。一会儿有两位同学洗完衣服回到宿舍，其中一位张同学下午刚从银行取了500元，准备上街买东西，此时她打开钱包发现少了200元。正在寻思当中，宿舍的另外三位同学也回到宿舍。这时张某就在宿舍大声说：宿舍有贼！我知道是谁。大家都不约而同地把目光指向了刘某，刘某面红耳赤，当即否定。争吵中，有同学立即将此事电话报告了辅导员。

三、处理办法和经过

事情的发生，可能有以下原因：

第一，新生刚进校，没有意识到宿舍和家里的区别，缺乏收拾东西、保管自身物品的意识和习惯；

第二，在没得到别人允许的情况下，随便使用或拿走宿舍同学钱物，会破坏同学关系，导致宿舍同学关系紧张，影响大家情绪；

第三，遗失钱物的背后，有时会涉及违法和犯罪行为，必须高度重视；

第四，如果涉嫌盗窃，越早制止越好；

第五，女生对问题的心理承受能力较差，脸面问题往往会衍生出更大事故的发生。

对于问题，我这样处理：

第一，把该宿舍全体同学叫到一起，告诉大家在事情没有水落石出之前不能怀疑宿舍的任何室友。先了解情况，确认是否在此期间有外人进入。

第二，找该宿舍六人分别进行个别谈话，在了解宿舍整体情况的同时进行校纪校规教育，让每一个同学明确盗窃的危害性和盗窃后将要面临的处罚。

第三，让每一个宿舍同学说出宿舍其他同学身上的三个优点，进行尊重同学、关爱同学教育。同时进行情感启发，让他们知道大学四年的友谊十分珍贵，值得珍藏一辈子。

第四，在确定没有外人进入的情况下，我根据宿舍同学反映的情况，单独找刘某谈话，告诉她事情性质的严重性，一旦查出来，学校必须按照校纪校规处理，严重的甚至要追究法律责任。如果在大学阶段有此人生污点，将来对同学关系的维持及今后个人成长发展都会产生很大影响。

第五，我把宿舍六人叫到一起，开个全体会议，首先表扬了宿舍的全体同学在军训期间取得的成绩和这段时间她们每个人对宿舍所做的贡献，宿舍的团结和互助十分难得。同时指出了宿舍存在的问题，如部分同学花钱大手大脚，过分注重穿衣打扮，贵重物品不及时保管好，东西乱扔乱放，等等。我严肃地提出：你们的东西放得这么乱，或许你的钱（指丢钱的同学）被你不小心丢在哪个角落，夹到哪件衣服里去了。你们再找找看，如果明天还没有找到就报案。

第六，第二天早上，刘某在“打扫”宿舍卫生时，在床脚下发现了“丢失”的200元钱。此时大家都松了一口气，宿舍又恢复了往日的热闹场面，还纷纷夸赞刘某不仅勤快而且眼力好。

第七，事情得到圆满解决，我及时找除刘某之外的五位同学谈话，强调求学期间花的是父母的钱，要懂得节约；作为一个宿舍的室友要照顾到别人的自尊，不能在吃穿享乐上相互攀比，要比学习、比进步。宿舍毕竟不是家里，贵重物品要注意保管好。直到毕业，这个宿舍一直都十分和睦。刘某也顺利在上海某中学就业。

四、经验与启示

此案例适用于类似事件初次发生。刘某由于心理上的落差做了错事。解决这样问题，首先是要快，把钱的去处查出来。这不仅是给丢钱同学一个交代，更主要的是可以有效遏制此类事件的再次发生；另外，在寻找和公布偷钱学生时，一定要顾忌到学生的心理承受能力。决不能简单地进行处罚，过分刺激学生心理，导致恶性事故发生，或者产生严重的心理阴影，人为地制造出她与同学之间交流交往的鸿沟。如果不注意这一点，就会因此多了一个问题学生；再者，就是在给她改正的机会同时，既要让她认识到行为的危害性，又要让她感受到集体的温暖和辅导员的关心，引导她树立正确的人生观和价值观，把心思与精力放到学习上，从而远离偷盗，走上正常轨道。

新生入校后，要尽快加强校纪校规和相关法律法规教育、感恩教育、人生观、世界观和价值观教育，主动出击，以防为主。

引导学生学会处理宿舍人际关系，珍惜同学感情，维护同学关系，创建文明宿舍，营造一个有利大家也有利于自己的成长空间。

要及早发现苗头，不要让“问题学生”积重难返。在对每一个学生不定期进行谈话或心理疏导的同时，对“困难学生”要给予更多关注。辅导员的关注，哪怕是批评，对学生的成长都是非常有益和必要的。

一例困难学生身心失衡矫正引导案例

王　艳

一、案例概述

学生辛某被医院确诊为先天性心脏病（室间隔缺损），伴有淋巴结核及高血压，急需赴上海进行心脏手术。学院和班级同学得知病情后，累计捐款逾4万元。带着同学们的牵挂和期待，学生于上海中山医院成功进行了开胸心脏支架安装手术。术后返校，学生心态出现偏差，认为所有人的帮助是理所应当的，出现撒谎、欺骗、旷课、情绪控制失当、散播谣言等行为。行为的改变，折射出观念的偏差，心态的转变。学生不是一成不变的，经历手术后，无论是心理还是生理都承受了很多，手术治疗是该生转变的诱因。作为辅导员，要善于观察学生的变化，全面分析原因，找准对策，循序渐进，有针对性地予以引导。

二、案例经过

（一）查出心脏疾病，接力爱心相助

时间倒退到一年前，学生辛某从安庆打来电话，说自己被诊断出先天性心脏病（室间隔缺损），伴有淋巴结核及高血压，急需赴上海进行心脏手术。

辛同学的家庭是农村低保户，被认定为经济困难生，家庭收入微薄。弟弟在上高中，姐弟两人的学费和生活费让本来就贫困的家庭雪上加霜，数十万的手术治疗费更是远远超出了家庭的经济承受能力。学院和班级同学得知辛同学的病情后，第一时间组织发动全院师生积极为她捐款，并前往安庆看望慰问。

（二）术后坚持返校，心性产生巨大反差

辛某在上海中山医院完成心脏手术，术后一个月，辛某声称自己身体已无任何问题，坚持返校。辛某的心脏由于室间隔缺损、右冠瓣脱落，安装了支架，上楼、打水、睡觉、走路等都有可能会对她的身体造成伤害。辛某回校后，带了电饭煲等大功率电器，准备在宿舍做饭，认为自己逃课也没关系。辛某认为室友及同学的帮助都是理所应当，有时候室友没有帮她还对室友有埋怨情绪，与之前判若两人。

鉴于辛某的身体情况，家长随后来校办理校外住宿申请，在学校附近租房照顾辛某。辛某返校后第三天，辛某的两个室友来我办公室告诉我，辛某并未在校外住宿，打算一直住在宿舍，还让她们俩不要告诉辅导员。因为是开胸手术，辛某每天除了口服药物，自己还要给伤口换药。然而，辛某一直强调自己不需要换药，只需要口服药物。询问辛某室友后，我才得知，辛某每天都与不认识的人在宿舍聊天，诉说她的悲惨遭遇，诉说学院要逼她出去住。

我询问辛某她父亲怎么没有过来照顾她，她情绪激动，不跟我谈，从办公室摔门而去。同时，辛某在未告知我的情况下，旷课回家，当我拨通其电话时，她在电话那边说，“你这样哭有意思吗？我病恹恹的都没哭，你哭什么哭？我又没打你，你又没受委屈，你哭什么哭？”学生术前和术后巨大的反差让我一时无法接受，诚然，学生经历了心脏手术，心理和生理都承受了很多，但这不能成为违反校纪校规、撒谎欺骗的理由。

（三）心态逐渐平和，正向健康发展

经历了一系列事件后，我冷静下来，细细思忖。我意识到此时的辛某缺乏感恩之心，这与她的家庭环境和个性密不可分。我开始走进宿舍，经常性地和辛某谈心谈话，给予她生活、学习、经济等方面的关心。目前，辛某状态良好，与之前相比，多了几分正能量，面对生活、学习、身体状况更积极乐观，有自己的规划和目标，但心态仍然存在一些偏差，有时候固执己见，与同学相处也存在一些矛盾。当然，学生心态的转变不是一蹴而就的，而是一个循序渐进的过程，我

有信心，也坚信经过多方面的努力，能够引导辛某重塑健康心态。

三、解决方法

（一）了解转变原因，展开谈心谈话

辅导员的工作对象是学生，必须以生为本，与学生多交流，多沟通，了解其实际情况，予以分析，采取相应对策。案例中，该生发生心态转变的诱因是经历了心脏手术，回校后种种心态上的偏差是手术后经历心理和生理负担所折射出来的行为。与学生进行切实有效的谈心谈话，走进学生的内心，要让她真切地感受到辅导员不是高高在上、与之对立的谈话对象，而是站在她的角度，关心她的身体、学习、生活情况，与之展开心与心的交流。在与辛某的谈心谈话中，我注重选用多样的谈心方式，如QQ、电话、面对面交谈等；谈心场合灵活轻松，选在学生较为熟悉、容易适应的场所，在校园内“压马路”、在宿舍聊聊天，成为谈心的常态。针对辛某的情况，谈心时适度保密，努力缓解其精神负担，多激励，多引导，循序渐进。

（二）切实给予关心，提供资助保障

鉴于学生家庭是农村低保户，手术费用高的事实，在整个事件中，积极为其争取经济上的补助。学生所在班级发起了爱心募捐，全院师生为辛同学累计捐款已逾3万元。此外，学院校友爱心基金也向辛同学捐款1万元，为其解决经济困难。平时，经常性地关心和询问学生的近况，了解其生活、学习上的困难，切实给予关心。联系学生干部，为辛某提供力所能及的帮助，如打水、提重物、补习功课等，让辛某感受到来自集体的温暖。

（三）加强家校联系，真诚沟通情况

家长的配合和理解是对辅导员开展工作的极大支持和保障，与家长展开细致的沟通和交流，确实有必要。辛某家长前期到校，但在签字后选择离校，表现出不配合的态度。签字也只是应付了事，家长回老家后表明暂时不打算再来学校。做好家长的思想工作，对于解决该

生问题十分必要。

（四）开展就业指导，规划未来发展

针对辛某毕业后想直接就业的想法，给予辛某“一对一”个性化就业指导，宣传解读就业方针和政策，提供可靠的就业信息和资源，鼓励她有意识地培养自己的表达能力和人际交往等能力，提高自身综合素质，合理规划毕业后的发展。

四、案例启示

（一）辅导员工作不在“难”而在“细”

辅导员的工作对象是学生，工作目标是实现育人，在实际工作中，辅导员会面对形形色色的学生，多种复杂的实际情况。辅导员的工作不在于工作本身的难度，而在于细心、细致地分析和处理，化整为零。本案例中的主人公辛某，经历了心脏手术，生理和心理都承受了巨大的压力，手术后，对待身边人、身边事的态度也发生了转变。作为辅导员，要善于观察和探究表象后的原因，并分析原因，找准突破口和对策。

（二）处理学生个案，要争取家长配合

通过家校联系，能够清楚地了解学生的性格、习惯，家校之间的沟通也有利于增进家长和辅导员之间的相互理解。通过家校联系，能使双方消除误会，学校与家庭教育更具时效性、针对性，便于形成合力。

（三）多与学生沟通，力求朋辈引导

处理学生个案问题时，学生的室友等朋辈有时候往往是问题得以解决的突破口。在辛某的案例中，辛某的室友对辅导员的工作给予了极大的支持和配合，及时向我反映辛某各方面的实际情况。同时，她还积极引导辛某，给辛某提供力所能及的帮助。帮助学生树立和培育健康的心态，需要多方合力，离不开室友、同学等朋辈的正面引导。

五、有待探讨的问题

（一）如何面对家长的不配合

在此案例中，学生家长表现出了不配合的态度。面对家长的不配合，我与家长进行了多次电话联系与沟通，但感觉收效甚微。学生家庭经济状况差，家长忙于在外打工，努力挣钱以偿还因手术造成的债务。学生对家长撒谎，隐瞒病情，家长却始终选择相信学生的一面之词。针对这一实际情况，我与学生的父母都分别进行了联系，以学生身体健康为出发点，进行真诚沟通。面对家长的不理解甚至是质疑，耐心做好解释工作，渐渐获得了家长的部分信任。但是，通过此案例，必须承认，如何争取家长的配合、理解、信任，是家校沟通中的重点。

（二）如何面对学生的抵制情绪

学生在返校后，表现出抵制谈话，不配合，撒谎，甚至是散播谣言的行为。培育学生健康的心态，需要循序渐进，期待一时之间的逆转是不现实的。虽与该生多次谈话，去其住处看望，为其争取补助，但仍能感受到学生对周围人的关心缺乏感知，甚至是漠视，且无视校纪校规的管理约束。学生抵制的，不仅是来自各方的关心，也有学校的管理。如何面对学生的抵制情绪，有待进一步探讨。

多方努力，共建温馨的公寓小家

陈兴宇

一、目的意义

宿舍是学生日常生活休息的重要场所，对宿舍矛盾纠纷化解案例的总结和反思，有助于辅导员心理健康教育工作的有效开展。通过宿舍问题的及时有效化解，引导学生正确待人处事，进而从心理教育的角度促进学生全面发展。

二、主题

化解宿舍矛盾，打造温馨的公寓小家。

三、案例介绍

大一第二学期开学后，女生陈某到办公室找辅导员，表示与宿舍其他同学关系相处极不融洽，列举了很多与宿舍同学之间发生矛盾的事例，感觉宿舍其他同学故意回避她，甚至一起孤立她。发生争吵后，矛盾更加激化，她选择默默忍受，但是现在已经严重影响到其正常的生活、学习。因此，她向辅导员提出调换宿舍。

（一）矛盾被掩盖阶段（开学至军训期间）

军训期间，陈某宿舍4人生活节奏比较一致，基本都是同时起床，同时睡觉，一起吃饭，一起参加军训、入学教育讲座等活动。此时，大家都是刚刚进入大学，对大学生活充满了好奇与新鲜。因此，宿舍4人外显的状态还是比较和谐，没有出现矛盾与问题。但是这并不代表不会产生矛盾，只是矛盾比较隐蔽，被紧张、充实的生活所掩盖了。

（二）矛盾的凸显阶段（军训结束后的两个月）

军训结束以后，各项生活、学习归于正常，初入大学的好奇与新鲜感正在逐渐消退。陈某在高中养成了早起的习惯，定的闹钟时间较早。陈某近视严重，上课会坐在教室比较靠前的位置，寝室其他三个同学选择靠后的座位，中午吃饭也慢慢不在一起了。久而久之，陈某与宿舍其他人之间有了隔阂，从起初正常的交流到后来矛盾越来越突出。宿舍其他同学感觉陈某打扰了她们的休息，便联合起来孤立她。陈某认为自己没有什么过错，不知道室友为什么会联合起来针对她，仍然按照自己的习惯生活、学习。两方没有就出现的问题进行友好沟通，而都选择了冷战，因此，彼此的积怨也越来越深。陈某感觉自己每天回到宿舍都是煎熬，很压抑，严重影响到了自己的生活和学习。

四、原因分析

大学是一个让同学不断成长的过程，产生矛盾不可怕，只要我们摸清了产生问题的原因，并采取有效的措施加以解决，引导同学们正确认识问题，珍惜来之不易的同学缘分，感受集体生活的美好。

（一）个体差异引发宿舍冲突

读大学，不仅要学习知识，也要学会集体生活、与人相处。大学宿舍就是一个小集体，成员均来自五湖四海，不同地域、不同成长环境，赋予了每个学生不同的性格与生活习惯。有差异并不可怕，可怕的是很多学生不能正确对待各自性格的差异，并且很固执地坚持自己。比如本案例中的陈某与宿舍同学之间并没有实质意义上的矛盾，主要是因为每个学生的生活习惯不同，特别是生活作息时间与其他同学不一致，进而引发了宿舍同学之间的矛盾。

（二）沟通机制缺乏激化宿舍矛盾

宿舍学生之间因个体的差异产生了矛盾，并且她们都没有正视矛盾，没有互相理解，仍坚持各自的生活习惯，导致同学之间的矛盾不断激化。学生之间处理这种矛盾的方法是互相不讲话，所以使矛盾陷入了恶性循环。看似简单的不讲话，实则是宿舍同学之间关闭了沟通、交流的渠道。缺乏有效、真诚的沟通，这些很小的误会慢慢积累，不断恶化，宿舍同学之间的隔阂就越来越深，最终发展到影响各自生活与学习的地步。

五、解决措施

（一）理清事实，认识矛盾

第一，获取事件信息。在得知该宿舍存在人际不和谐情况后，辅导员不能急于求成，企图很快解决矛盾。在正式化解矛盾之前，要尽可能全面地了解矛盾事实。辅导员可先从该宿舍相邻或者对门宿舍同学、生活委员等处入手，了解该宿舍同学关系的基本情况。经过谈话，确定了该宿舍是陈某与其他三个同学存在矛盾这个事实；该宿舍四位同学都与其他同学沟通过宿舍内部的矛盾，但都是指出甚至指责对方的过错，没有意识到自身存在的问题；矛盾双方对当前的宿舍生活状态非常苦恼，迫切想改变宿舍关系不和谐的现状。第二，理清事实经过。通过谈话和分析，对矛盾产生的原因以及矛盾演变的过程有了准确的研判，双方矛盾的原因基本是生活上的一些琐事，比如作息时间不一致、放学没有一起吃饭、宿舍卫生打扫意见不统一等。陈某生活习惯与其他三人差异较大，因为缺乏有效沟通，起初是其他三位同学不与陈某说话，后来演变成其他三位同学联合起来孤立、排挤她，而其他三位同学认为是陈某太自私，不与她们沟通。出现问题，没有及时化解，矛盾愈加严重。

（二）寻找原因，分析矛盾

辅导员在处理宿舍矛盾特别是女生宿舍矛盾时，一定要有耐心和爱心，不能伤害当事人的自尊，也不能听之任之。

陈某是个家庭比较贫困的同学，因此高中时学习非常努力，想通过考上大学改变自己的命运，所以养成了早睡早起的习惯。沟通过程中，辅导员一直在倾听陈某阐述事情的发展经过，谈话进行了一个多小时。辅导员对陈某遇到问题能主动找辅导员沟通，寻求解决问题方法的做法给予了表扬，并对陈某说，要珍惜大学同学的情分与友谊。最后，陈某表示自己非常想处理好宿舍关系，可以在今后的生活中与大家沟通，慢慢调整自己的生活习惯，希望能与其他三位同学和睦相处。在与其他三位同学谈话时，没有提及陈某想换宿舍的想法，只是了解寝室现在的生活情况以及宿舍成员之间的评价与看法，并指出宿舍同学之间没有实质意义上冲突与矛盾，只是因为生活习惯不同，从而慢慢引发了其他的矛盾，且陈某非常愿意与她们和睦相处。其他三位同学此时也表示，希望陈某能多与她们沟通，其实陈某的学习习惯特别好，只是初期存在误会，没有及时化解，演变成了矛盾。

（三）真诚沟通，化解矛盾

首先，从外围入手，约谈相关同学。辅导员先找了跟这个宿舍关系比较密切的同学谈话，对问题宿舍的情况进行了初步的了解。主要原因是由于陈某生活习惯跟其他三人不同，宿舍同学之间缺乏理解与沟通导致，并没有其他因素，比如某个同学心理有异样、某个同学人品有问题。

其次，涉入核心问题，约谈当事人。辅导员先与陈某谈心，先从陈某的成绩谈起，谈到了高中紧张的学习，谈到了大学生活的美好，陈某很自然地把自己在宿舍生活的情况坦诚向辅导员做了说明，辅导员对陈某的诚实给予了肯定与表扬，并鼓励她要对大学集体生活充满希望，相信通过努力一定可以消除矛盾。陈某当即表示，自己可以先改变自己的作息习惯，尽量与宿舍其他三位同学保持一致，自己非常想与她们建立温馨的室友关系。之后，辅导员约谈矛盾宿舍其他三位同学。三位同学都很明白这次约谈的原因，因此都很清楚、明白地把与陈某之间的矛盾进行了说明，并补充说，只要陈同学愿意对自己的生活作息习惯进行调整，她们也愿意做出改变，各自互相理解，退让一步。

最后，解决矛盾，宿舍关系走向和谐。辅导员通过谈话，表明来自不同成长环境的同学在一起生活，产生一些不和谐的问题属于正常现象，同学们不要紧张，要正确看待，并积极寻求解决方法。希望同学们都能相互包容、相互理解，以更加豁达、宽容的心态去对待自己的同学与室友，这样矛盾肯定会得到解决。事实证明也是如此，辅导员经常与她们宿舍的同学沟通，特别是经常与陈某进行沟通，询问现在宿舍关系是否得到了缓和。宿舍成员经过一段时间的调节，矛盾慢慢在被消解，陈某也打消了调整宿舍的想法。后期，辅导员又与该宿舍的同学进行了交流，现在矛盾已经完全化解，并且宿舍四个人相处得很融洽，并表示会好好珍惜大学四年的学习时间，也感谢辅导员为她们处理矛盾做的工作。现在该宿舍四位同学都在积极备战2017年研究生考试。

六、案例启示

（一）全面把握与重点把握相结合

处理学生宿舍矛盾不能单纯听某一位同学的陈述，要全面听取各方面的意见，包括所有寝室成员以及与该宿舍关系较近的同学的意见，全方位、多渠道了解信息，然后再逐一开展工作。对于一些性格孤僻、难以沟通的学生，还要与家长，甚至向学校心理健康中心取得联系，多方关注，逐渐疏导学生的心理问题。

（二）寻找原因与解决方案相结合

部分大学生心理不成熟、以自我为中心、人际交往技能缺乏、性格及生活习惯不同等，都是导致宿舍人际关系紧张的主要原因。辅导员在日常工作中，首先要引导学生正确地面对问题和矛盾，要养成良好的行为习惯，多站在别人的角度思考问题，学会理解与包容；其次要以寝室为单位多开展增加交流的文体活动，让宿舍同学之间彼此交流，营造一个温馨、和谐的学生公寓氛围。

（三）解决矛盾与后期跟踪相结合

宿舍产生矛盾，及时有效地解决，并防止次生问题的发生是第一位的。宿舍矛盾需要妥善处理，给同学们营造一个良好的生活、学习氛围。但是在宿舍矛盾解决的初期，宿舍同学的关系是很脆弱的，辅导员在此时必须继续参与宿舍同学关系的缓和，帮助宿舍同学渡过矛盾缓和的初期，一直到宿舍关系处于稳定状态。

学生工作无小事，辅导员要及时关注学生动态，了解学生思想，积极反馈学生的诉求，多从学生的角度思考问题，为学生排忧解难。做到学生宿舍矛盾预防为主、防治结合。

这些年，睡在我上铺的兄弟

——一例宿舍矛盾引起的人际关系案例

黄彦锴

一、背景

张同学（男），体育学院大一年级学生，性格内向，偶尔逃课，学习成绩中等偏下。张同学所在的宿舍，寝室关系不好，卫生状况堪忧，是辅导员走访的重点寝室。在一次突击检查中，发现张同学的寝室物品杂乱无章，垃圾散落满地，屋内充满异味，当时宿舍只有张同学一个人，正在玩网络游戏，对这种环境似乎习以为常。当辅导员询问其余室友的去处时，他显得漫不经心，态度比较淡漠，表示自己也不太清楚。在交流中，张同学表示，在他看来，宿舍只是睡觉和娱乐的地方，拥有室友对他来说甚至是一种负担；相比于和室友交流，他更愿意向网络中的朋友倾诉心声。

二、主题

针对当代大学生集体生活中存在的人际交往问题，依托辅导员日常管理、寝室文化建设和团队凝聚力建设，分析问题存在原因，寻求解决方案。

三、主要问题

根据张同学平时的表现，通过与张同学本人、家长、宿舍同学、班级班干等进行交流了解，初步推断出现上述情况的原因有以下几个方面:

（一）从个人层面看

一是沉迷网络，依赖虚拟世界。张同学说自己最享受的状态，就是一个人窝在宿舍打游戏。他把网络游戏当作生活中的主要组成部分，依赖通过网络结识一些朋友，交流经验，表达个人情感。

二是生活懒散，自理能力差。通过和张同学室友们的交谈，我了解到，张同学平时几乎不和室友一起出行，有时连课堂也不愿意去；作息不规律，晚上熬夜到很晚，早上起不来，吃饭经常靠订外卖解决，生活非常不规律。据张同学的父母介绍，张同学在家是独生子，从小比较娇惯，生活方面都是家人打理，上大学是第一次外出独立生活，自理能力较弱。

三是性格内向，与他人交流太少。张同学性格比较腼腆，无论是在寝室还是教室，与老师和同学们的交流都不多，更喜欢一个人做一些事，集体活动的参与度不太高。久而久之，同学们不了解他，他也不愿再融入集体，从而更加沉迷网络世界。

四是没有目标，缺乏学习动力。进入大学后，张同学从巨大的学习压力中解放出来，觉得自己获得了绝对自由，可以做任何想做的事，不受父母老师的约束。这种观念一定程度上使张同学放松了对自身的要求，没有树立新的奋斗目标，缺乏学习的动力和热情，认为只要"混"个毕业证就万事大吉。

（二）从寝室层面看

一是宿舍成员交流少，内部又形成小集体，彼此缺少情感沟通。张同学所在寝室的四名男生，其中两人是老乡，关系特别好，几乎同进同出，另一名男生为芜湖本地人，与高中的同学朋友联络多，平时又经常回家，与寝室成员接触相对少。这样一来，张同学自入学初，就有了被孤立的感觉，加之性格内向，又好面子，虽然住在同一屋檐下，但张同学和寝室成员间每天却说不了几句话，通常都是独来独往。

二是寝室没有分工合作，暗藏矛盾。张同学寝室的寝室长是一个卫生习惯不错的男生，来自农村的他高中就到县城住校，自理能力很强，他的床铺上下区域始终能保持整洁。但由于室友们的生活卫生习惯各不相同，寝室又没有制订公约、值日表等，导致水池、厕所、阳台等公共区域无人打扫，垃圾桶垃圾没人倒。刚开始寝室长小李还主动承担，后来看大家不自觉爱护公共卫生，自己又不好直说，就索性也不管了，任由破罐子破摔，实在看不下去了或提前知道要检查卫生才勉强动一动。

三是寝室缺少正能量，凝聚力弱，人情味淡薄。寝室成员缺乏交流，晚上聚在一起，就谈论游戏，或是谈论自己新购买的衣服、鞋子，或是谈兼职获得的收入等，没有共同话题就各自抱着电脑干自己的事。寝室学习氛围不浓厚，室友间交流物质享受的比重大于精神追求。经过一段时间，“寝室”这个概念在四个男生心中越来越模糊，大家也不存在互相帮助、互相激励这一说，寝室这个小集体形同虚设。

四、解决问题的思路、方法和举措

针对张同学本人以及张同学宿舍存在的问题，在了解和分析的基础上，我对该生的教育转化主要做了以下几方面的工作：

（一）全面把握，细微入手，进行朋辈引导

一年来，我与该生多次谈话，抓住张同学自身较为明显的两个问题，即上课缺勤和沉迷网络，明确地告知他逃课是违反校规校纪的行为，沉迷网络游戏会对自己的身体、人际交往等方面造成严重危害。同时，考虑到张同学性格比较内向，除了偶尔找他来办公室，更多采取的是较为自然的谈心谈话，如走访宿舍时，在他们寝室多停留一会儿，询问近况，在路上碰到时，顺路聊一聊。利用交流的机会将自己在本科时候遇到的类似问题和困惑说给他听，以平等的姿态与他交心，从而鼓励他说出自己的想法，树立新的奋斗目标。

在谈及寝室问题时，引导他谈谈对其他三位寝室成员的看法；听他回忆刚入学时，寝室一起聚餐的事情等，潜移默化中强调寝室氛围的重要性；说一些生活的趣事，调动他的情绪，让他认识到宿舍建设不光是制度要求，更是一件很开心而且能让每个人都受益的事情。随着交流次数的增多，我与张同学越来越熟悉，张同学也逐渐愿意表达自己的内心想法，坦言自己也渴望能和室友成为好朋友。我鼓励他在人际交往过程中，学会换位思考，主动融入集体，在现实生活中寻找志同道合、能够互相激励的好朋友，而不是将自己封闭起来，单纯依靠虚拟世界来获得友谊。

（二）树文明风，育文化人，建设优秀寝室

在日常管理中，充分发挥学生的主观能动性，让张同学和其他普通同学也参与到管理制度的制订过程中，征求他们的意见，培养他们自我管理的主人翁意识。建议寝室长以寝室民主生活会为契机，聆听宿舍成员的意见，重新修订《宿舍内务管理办法》，明确宿舍建设的目标和每个寝室成员的具体职责。创建文明公约，利用集体智慧，让公约成为寝室成员讲诚信、负责任、培养自觉意识、自我管理与服务的平台。

同时，强化激励机制，明确奖惩制度。将学生宿舍评价纳入综合素质测评的同时，还将文明寝室建设与学生的评优评先直接挂钩。每月组织优秀宿舍表彰和未达标宿舍通报，加强激励教育。通过举办优良学风宿舍评比、星级宿舍评比等系列活动，进一步加强宿舍文化内涵建设，积极探索优良学风建设的新思路。开展参观标准宿舍活动，由班长带领寝室长，参观优秀寝室，使其在宿舍形象与文化建设方面有一个直观化、具体化的认识。

（三）团队建设，协调配合，打造集体文化

近一年的时间里，多次在班级开展以寝室为单位参与的素质拓展活动。张同学宿舍起初并没有太大积极性，后来越来越多同学参与使得他们也渐渐加入了进来，活动中要求以寝室四人为组合参加如寝室歌咏大赛、寝室拓展训练、寝室篮球赛等。结合张同学比较喜欢音乐的情况，我鼓励张同学和室友共同参加寝室歌咏大赛，在准备和参加比赛的过程中，增进交流，增加了解，寻找共同的兴趣爱好，为同一个目标共同努力。男生们普遍喜欢体育项目，我建议他们组团报名参与运动会、篮球比赛等户外体育活动，让室友带动张同学走出寝室，走向操场，减少上网玩游戏的时间，感受室友间的温暖和乐趣。

六、主要成效

经过近一年与张同学沟通、谈心以及宿舍管理制度的不断完善，张同学渐渐地体会到了个人努力所带来的成就感，减少了对网络的依赖，开始与同学们进行更多的交流，宿舍关系有了很大的改善。同

时，伴随着与室友关系的改变，他们共同将宿舍当成了自己在学校的家，利用课余时间购买各种物件将其布置得独具特色，在学院的寝室设计大赛中获奖；他们还收集塑料瓶进行爱心募捐，受人夸赞的同时收获与室友共同付出汗水的幸福感。宿舍文化的构建也使得他们四人变得更加向上，不论是在学习还是生活中，互帮互助，互相鼓励。期末临近，约着进行复习备考，在大一结束之际，四人均获得校级奖学金。

七、分析与启示

这则发生在我身边的案例对于我不仅是工作上的经验，更多的也是心灵上的触动。

年龄相仿的我们有着太多的共同点，多去沟通、学会了解，每一个人的青春都会有叛逆与迷茫，坦诚相待会让我们成为知心朋友，对待问题时多一点耐心，以为学生而学的态度去深入了解他们的生活状况、多融入他们的生活圈，做好学生思想动态调研。

对待学生，其实并不需要疾言厉色，一味地指责会使师生关系变得冷漠，让师生之间的交流出现障碍甚至对立。在行使权利的时候也需要慎重，制订相关制度时更要实地去调查，脱离实际的制度会适得其反。而做好思想工作、贴近学生生活，才可能指导学生们成长、成才，同时也让自己收获一份喜悦与历练。

八、有待探讨的问题

（1）如何在大一学生入校之初，在寝室问题出现之前，通过班级建设、第二课堂活动等，预防这类问题的发生？

（2）如何在宿舍管理工作中更好地融入人文关怀，让学生意识到学校、学院层面的宿舍管理是对学生的保护和引领，变硬性服从为主动建设？

（3）如何将宿舍文化建设和学风建设、心理辅导等工作相结合？

第五篇

心理健康教育与辅导

积极共情，用爱陪伴学生成长

——一位特殊家庭同学的成长辅导案例

瞿津津

一、意义

在辅导员工作过程中，经常会遇到各种特殊家庭的学生，如父母离婚、单亲子女、孤儿，以及本文所涉及的被收养学生的教育问题。此类学生较之普通同学更加脆弱敏感，更加难以融入集体。因此，如何让其更快融入大学生活，并健康成长是我思考的重点。

二、主题

辅导员通过恰当运用共情帮助特殊家庭学生阳光成长。

三、背景

入学之初，我在翻阅新生档案及新生家庭情况调查表时发现A同学在家庭成员一栏中填写的是爷爷、奶奶两人，无父母信息，但是在宣传班级孤儿免学费政策时A同学并未申请此项政策。我及时找到A同学，确认其家庭情况，A同学才说出了他的成长经历。

原来A同学出生后被父母遗弃，是现在的爷爷奶奶收养了他。爷爷奶奶都是退休在家的小学教师，平时身体不好。家里还有两个姑姑，大家对A同学都很好。了解了A同学的成长经历后，我鼓励A同学好好学习，将来报答爷爷奶奶的养育之恩。当被问是否适应大学生活时，A同学说一切都很好，只是有时候比较挂念爷爷奶奶，偶尔身体有些不舒服。我提醒A同学身体不舒服要及时就医，如果有需要我可以陪同前往。

一次班会中，A同学突然站了起来，报告说身体很难受，要请假去医院。我看到A同学脸色很差，像要晕倒的样子。我立即带他去了医院。在医院做完抽血等检查后，医生说A同学仅仅是体质较差，没有大的问题，并且说前几天A同学已经来过一次了。A同学并没有因为医生的话而露出笑容，仍然愁眉不展，我安慰A同学不要太紧张，平时要注意锻炼身体。A同学只是沉默着点了点头，没有说其他的话。

第二天下午，A同学突然来到我的办公室，提出要和我聊聊。我给他倒了杯水，他刚刚坐到沙发上，就开始哭泣，说自己太想家了，要退学回家。

四、问题分析

A同学在我办公室哭诉了近三个小时，表示自己很痛苦，说了很多心里话，主诉问题为：极度想家，以至于每天打四五个电话；总是感觉身体不适，无法适应大学生活以至于想退学。

同时从A同学的哭诉中，我也渐渐明白了其问题产生的原因：

（一）缺乏安全感，对家人过于依赖

A同学从小就知道自己是被收养的，所以非常缺乏安全感，也从未离开过爷爷奶奶，对爷爷奶奶很依赖。进入大学一个多月里，A同学感到很孤独，也没有朋友可说话，以至于每天都要给家里打四五个电话，其实A同学自己也觉得打这么多电话不合适，但是就是忍不住，这种矛盾让他更痛苦。

（二）怀疑自己身体状况不佳

爷爷奶奶因年纪较大身体不好，经常去医院。自小与爷爷奶奶生活在一起的A同学在身体健康的情况下也会觉得自己身体不适，需要去医院，A同学表示曾经有医生说他这是癔症的表现。

（三）对大学没有归属感

因为想家，每天都不能安心学习，感觉自己不适应大学生活，甚至觉得无法继续在大学生活，因此想退学回家。

五、辅导的思路、方法和举措

（一）辅导的思路

用积极共情去理解，用多方陪伴去辅导，针对上述三个问题，整合学校与家庭的力量，帮助其减少对家庭的依赖感；建议其锻炼身体，增强身体素质；建立其对学校的归属感，做好生涯规划，帮助A同学渡过难关。

（二）方法和举措

1. 及时报告学院

在与A同学接触后，我及时向分管副书记汇报，学院决定由我先对A同学进行辅导，如果两个星期后效果不明显，就上报学校心理健康中心，寻求专业人员的帮助。

2. 积极寻求家长支持

鉴于A同学对于爷爷奶奶的依赖，我在谈心结束后第一时间与他们取得了联系。在分析了A同学的情况后，爷爷奶奶表示愿意配合学校积极鼓励A同学，尽量减短电话时间，同时对于学校与他们通话的事保密。

3. 完成“家庭作业”，减少家庭依赖感

在与A同学接触时，我为其讲解了认知行为疗法中“家庭作业”的知识。认知行为疗法认为情绪与行为的反应是由认知所决定的，并且相互影响。“家庭作业”是治疗中很重要的一部分，有助于来访者将所学的知识和技巧运用到生活中去。通过讲解，A同学表示愿意接受“家庭作业”，逐渐减少与家长通话次数，直至每周通话一次。A同学答应完成这份“家庭作业”，并表示会每周向我汇报打电话的次数。

4. 加强锻炼，强化体质

针对A同学总是怀疑自己身体不好的情况，我建议A同学每天坚持跑步。锻炼身体能提高A同学的免疫力，同时心理暗示的方法也增强了A同学的自信。

5. 朋辈关怀，感受温暖

在A同学离开我的办公室后，我在私底下联系了A同学的三位室友，请他们在生活中多与A同学交流，努力通过寝室让A同学感受家的温暖。A同学的三位室友都表示了A同学虽然有点内向，但是寝室关系不错，大家还是很愿意和A同学相处。通过这种朋辈影响，让A同学减轻对家的挂念。

6. 增强A同学在班级中的归属感

因为已经错过班委竞选，我安排A同学担任辅导员助理一职，每周值班一次，并将班级中的一些事务交给他处理。这项工作使得原本内向的他和老师、同学都增进了交流。他感受到老师和同学都很需要他，强化了其在班级中的归属感。

7. 明晰学业规划

对大学生活没有清晰规划也在一定程度导致了A同学出现上述问题。所以我联系了任课老师，请求他们帮助A同学明晰学业规划。其后，A同学加入了学院学术精英培养团队，提高了专业素养，也找到了努力的方向。

六、主要成效

通过一系列措施，笑容逐渐回到了A同学脸上。在谈话后的第三个星期，A同学告诉我现在已经不频繁给家里打电话了，我鼓励A同学继续努力。一个半月之后，A同学说现在基本上每个星期给家里打两次电话。A同学也彻底放弃了退学的念头，真正开始享受大学生活。

现在A同学自述他在班级有两个知心好朋友，并且成为公认的“学霸”，主持的一项省级科研项目，已顺利结题。

七、对特殊家庭学生成长辅导的启示

这一案例让我体会到，辅导员是良心工程，只有用爱心、耐心、责任心才能真正地做好辅导员工作。

（一）全面了解学生情况是前提

我认为辅导员的工作要建立在了解学生真实情况的基础上，找到工作的切入点才能扎实推进学生工作。在这一案例中，我从A同学的档案与家庭情况调查表中发现了问题。同时A同学后来告诉我，真正让他感受到我的关心是我告诉他如果不熟悉医院，我可以带他一起去，这让他真正感受到辅导员对他的关心。

（二）恰当运用共情是谈心谈话的重点

在A同学向我哭诉的过程中，我努力运用心理学知识，积极共情。在其第一次到我办公室表达退学意愿时，我们有以下对话：

"老师，我想退学了。"

"能和我说说为什么想退学吗？"

"我每天都要给爷爷奶奶四五个电话，我也知道打这么多电话是不合适的，但是我又忍不住。"

"哦，觉得打这么多电话不合适又忍不住去这样做，你这段时间过得应该很痛苦吧？"

"是的是的，老师，我真的是受不了了，特别想和您说说。"

……

在上述对话中，我最初并没有对A同学的话表现出任何情绪和观点，即没有预设态度和立场，同时对A同学无条件地积极关注；在A同学表达心中痛苦后，辅导员并没有马上展开追问，而是趁势表达了对于A同学痛苦的感同身受，于是A同学对老师说出了更多的心里话。由此可以看出，共情对于辅导员的谈心谈话工作意义重大。

（三）和谐的师生关系、生生关系是帮助特殊家庭学生成长的关键

做好学生工作的前提是要与学生建立良好关系。此案例中，我认为帮助A同学走出痛苦的是和谐的师生关系、生生关系。因此在工作中，辅导员要成为学生的知心朋友，建立和谐关系。

（四）要讲究工作方法

在面对A同学问题时，我注重保护A同学隐私，至今班级同学还不知道A同学的家庭情况。同时在对A同学予以关注的时候，不能让其感受到压迫感，感到辅导员在监视自己。每次他在我办公室帮忙，

我很少主动问起他的生活、学习，不是不关心，而是担心敏感的A同学多想，一般我会通过闲聊的方式，了解他的同学关系、学习状况等。

（五）要注重工作的持续性，跟踪调研

辅导员面临的很多问题都具有长期性，并不是一次性能够解决的。比如A同学的问题，从其大一到大三，我一直对他予以充分关注，与其建立朋友关系，直到现在他遇到生活、学习上的问题，第一个想到的人还是我，这让我感受到了他对我信任。

在与A同学接触的第三个月，我发现A同学开始出现凡事都喜欢给我打电话的倾向，有点把我当成他"家长"的苗头。于是我借A同学给我帮忙的时机，就"打电话次数"和他聊了起来，和他探讨了"移情"这个心理学概念。整个过程我努力做到真诚、平等，最后A同学也承认了那段时间有时候会把对爷爷奶奶的感情转移到我身上。因此，我们又共同约定，努力独立解决问题，实在解决不了的问题再找辅导员。事后证明这次谈话是必要的，也是成功的，但是我偶尔也会感到后怕，并且对于如何处理辅导员与学生之间的"移情"问题感到困惑，自身仍要进一步加强学习。

综上，通过A同学的案例，我感受到了共情以及和谐师生关系在教育中的重要性，同时我也感到辅导员肩上责任的重大和辅导员育人的成就感。"心中有爱，心中有责，心中有戒，心中有法"，在陪伴学生成长的路上我感受到了压力，也感受到了幸福，我想这也是辅导员工作带给我的收获。

新生人际交往问题的心理疏导与解决思路

赵 喆

一、背景

新生能否适应大学的学习生活关系到能否顺利完成大学学业并走上工作岗位。对于初入大学校园的新生来说，往往会在学习、专业、生活、情感等各方面出现不适应，这些问题如果不能及时、得当处理，会影响新生心理健康的良好发展，从而影响到新生正常的大学生活。因此，高校辅导员教师应对新生的实际情况进行深入调查，了解新生思想动态和心理状态，以促进新生能够尽快适应大学生活，保障学生健康、快乐发展。

二、案例介绍

我对王同学的第一次印象，是在新生报到前所建的新生QQ群里，那时她在群里非常活跃，并对一些新生的问题有独特见解，表现十分不错。但有一天，她和另一位新生张同学在新生群里因讨论大学是否应该努力学习的问题发生争执，王同学甚至辱骂张同学，王同学的这种不良行为当时给我留下了非常不好的印象。在新生军训的第三天，由于军训教官对王同学站军姿的态度进行了批评，王同学与教官吵了起来，言语偏激，对军政训练有抵触心理，并且产生退学思想。随后，我询问了王同学的寝室长，了解其与寝室同学间的关系很紧张。针对王同学在新生入学期间出现的这些问题，我对其进行了更深层次的了解。王同学家住省会城市，家境富裕，是家中的独女。父母均是商人，虽然父母离异，但母亲平时对王同学宠爱有加，满足其各种要求。王同学性格倔强，维权意识相当强烈，思想有时比较偏激，言语尖锐，经常会因为对于某些事情的观点与他人发生争论。

入学后，王同学在学校生活中暴露的问题也越来越多，如抱怨食堂的伙食不好，浴室、水房及卫生间是公用的，日常生活需要自己来打理等，这些大学里司空见惯的事情却让王同学焦躁不安。王同学开始讨厌寝室里的每个人，她不再与同寝室的人说话，尽可能地远离她们，每天早出晚归，独来独往。

三、问题分析及辅导思路

（一）问题分析

结合我对心理学的理解，同时咨询了学校心理健康中心专职教师，我对王同学的性格形成了一个较为全面的认识：性格内向、情绪不稳定、敏感脆弱。王同学的这种情况是典型的不适应大学生新环境问题，属于大学生常见心理问题的一种。

（二）问题表现

王同学的问题主要表现在不能很好地适应大学的集体生活，这个问题的形成与王同学家庭生活背景（父母离异，独女，母亲溺爱，家庭条件较好，缺乏集体生活经验，独立处理人际关系能力较差）及个性特征（内向、敏感）有密切关系。王同学刚刚经历高考（自认为可以考取更好的大学，更好的专业），其挫折感和消极情绪还没有完全消除，这导致她更多地关注生活中的消极事件（如王同学与其他同学因为观点不和引发争论，因遇到自己不顺心的事情而情绪激动等）并扩大其影响，这种消极心理的循环加重其认知的偏离，如果不及时采取合理的开导方法，极易诱发严重的心理问题。

（三）辅导思路

针对王同学遇到的问题，听取心理健康中心专职教师的意见后，我理清问题，确定辅导思路，制订了一套个人辅导计划，即从扫清眼前障碍、改变不良认知方式、明确未来目标、塑造健康人格四个层面帮助其尽快走出困境，适应大学生活。

四、助人自助——确定阶段目标逐步塑造健康人格

（一）积极应对，解决实际问题与心理健康教育并行

首先，我与王同学一起梳理现阶段遇到的问题，并和她共同设定目标，包括阶段性目标和最终目标。根据王同学的现实困境和其自主意愿，我们共同确定了三个阶段目标：（1）尝试放松训练，缓解焦虑，排解王同学的不良情绪；（2）主动与室友交流想法，找出思维方式上的差异，寻求理解，引导王同学正确认识自己、了解他人；（3）尝试与同学们友好相处，掌握健康实效的人际交往技巧，找到一两个沟通能力强的同学，建立相对信任、亲密的同伴关系，获得人际支持。通过三阶段目标帮助王同学最终实现建立良好的人际交往模式，塑造健康人格。

（二）形成合力，排查认知模式改变不良信念

根据美国心理学家埃利斯情绪ABC理论，不良的行为情绪反应并不是因为刺激事件本身引起的，而是因为个体自身对刺激不合理的信念、认知方式所决定的。因此，帮助王同学找到其自身不合理信念是解决问题的根本。

我每周定期与王同学进行谈话谈心，主要了解王同学近期的学习、生活及参加社团活动情况。每周与她就一件具体的问题事件进行深入讨论，从不同角度感受其情绪的变化，找出不合理信念并摒弃，逐渐形成积极健康的合理信念。每次谈话后，我会布置家庭作业，请王同学试着用刚学习的思维模式去理解接下来一周可能发生的负性事件，并在下次交谈中讨论，巩固合理信念。经王同学同意，我还请她在课余时间来我办公室，同助管一起帮助我处理一些简单的日常事务，希望通过充实大学生活缓解其心理压力。

此外，在王同学同意后，我与其母亲进行了沟通，就王同学的问题商量对策，确定了学校主导，家长辅助的模式，其母亲与我在纠正王同学不良认知理念及方法上达成一致，通过借助家长力量，巩固学生合理信念及正确认知行为模式。

（三）强化锻炼，塑造独立自强的健康人格

心理问题最终的解决要依靠学生自身的不懈努力。明确的目标是学生健康发展的动力。在解决王同学现阶段问题的同时，注重培养独立的生活自理能力，同时帮助其塑造健康人格。经过多次交谈，反复坚定信心，王同学逐渐树立独立意识，提高生活自理能力，最终根据自身实际确定了大学四年人格完善的长期目标。

在经过一段时间共同努力后，王同学的情绪得到了稳定，对于一些新生适应问题能够主动地咨询我和班级同学。王同学对我说，“感觉大学生活还是蛮精彩的，住在寝室热热闹闹的，也蛮有意思的。同学们对我也都蛮好的，大家都很热心。”

五、直视骄阳——探索辅导员心理健康工作精细化之路

总的来说，大学生心理健康问题是我们不可避免的问题，辅导员必须正视此问题，采取多种对策，及时妥善地处理好学生的心理问题。

第一，发挥班集体作用，注重普及心理健康知识。我们应当充分发挥QQ、微博、微信、Myouth等新媒体作用，大力宣传普及心理健康科普知识。建立以寝室长、心理委员、班干为主要成员的班级心理健康网络，形成助人自助的心理健康教育机制和共同成长的群体氛围。另外，配合学校开展心理健康月系列活动，邀请心理专家开展心理讲座与培训，举办班级心理剧演出等文艺活动，利用各种渠道动员学生积极学习心理科普知识，让学生在活动中陶冶情操，加强沟通，启发思维，锻炼意志，增进人与人之间的了解与合作，学会理解与合作，学会宽容、与人为善，给自己的生存和发展创造良好的人际关系，坚定自己的信心，减轻心理压力。

第二，建立学生健康档案，鼓励学生参加丰富多彩的课余活动。结合素质拓展活动、团体辅导等户外活动，拉近师生间距离，通过活动进一步了解学生思想动态与心理健康状态，建立大学生心理健康档案，从而更有效地配合学校心理健康中心掌握学生最新动态，也便于和学生家长、心理咨询机构及时联系。对于有慢性疾病和心理问题的

学生，要及时了解和掌握他们的具体情况，给予关照；对于在普查中有心理问题的学生，要定期向学校心理健康中心汇报情况；对于在心理健康普查中正常的学生，要帮助和引导他们学会适应大学生活。

第三，紧密关注高危人群。在对大学生定期进行健康普查的基础上，要切实了解和掌握大学生的心理状况和规律，同时充分发挥学生党员、学生会、班级、团组织、心理健康联络员的作用，及时掌握和反馈学生生活环境的变化和心理情绪的波动，有效掌握学生的心理状态，做到早期发现、及时预防、有效干预。

第四，加强辅导员自身在心理工作方面的学习。在实际工作中，辅导员应发挥心理健康教育在高校学生思想政治教育中的补充作用，自觉学习和掌握心理健康教育的知识和技能，用丰富的心理学理论和方法培养学生积极向上、乐观进取的思想意识，从而有效促进青年大学生人格的形成和发展。

大学生活是一个渴望发展、追求独立的过程，大学生的心理发展迫切需要及时的引导和调整。高校应积极开展各种文体活动，同时致力于培养优良的校风、学风、教风，让学生置身其中，不仅能够得到愉悦和放松，还能使心灵得到教育和升华。只有营造健康的教育环境及和谐的生活氛围，才能让当代大学生的精神面貌更加自信、活泼、向上。

一例心理障碍学生的帮扶案例

熊义信

一、背景

心理健康是高校学生工作的重要方面，事关学生健康成长、家庭和谐幸福以及学校安全稳定，辅导员必须高度重视。我在从事辅导员工作的过程中，就曾遇到一位有心理障碍的学生（陈某某）。

2000年，陈某某经医院确诊患精神分裂症，随即入院治疗，病情好转后出院。2005年，陈某某病情复发，第二次入院治疗。2006年，陈某某进入大学就读。2007年，正在上课的陈某某病情复发，学校老师立即将其送往医院检查，并为其办理了休学手续，住院治疗。2008年，在休学一年后，陈某某申请复学。复学后，陈某某情况逐渐好转，心理状况渐趋正常。2010年，陈某某两次欲放弃学业、申请退学，最终都在学院领导老师与其家长的谆谆劝导下，打消了念头。如今，陈某某已经毕业，顺利找到了工作。

二、分析

在陈某某刚复学时，我便与其谈心谈话，并与其家长、主治医师沟通，对其情况进行了深入了解，加上后来对其心理、情绪、学习、生活等方面的观察，梳理出陈某某存在的主要问题。

（一）自幼家庭变故，心理阴影较重

陈某某从小家境较为殷实，家里还有一个妹妹、一个弟弟，一家五口生活原本幸福美满。但后来其父染上赌博、酗酒恶习，输钱、醉酒后常对其母亲及弟弟妹妹大打出手，无奈之下，陈某某父母离婚。起初陈某某随母亲一起生活，但不久母亲便离家打工，陈某某只得独自一人留在老家。家庭变故给陈某某带来了沉重打击，她时常自言自

语、情绪起伏不定，甚至有自杀念头心理问题长期未得到疏导，陈某某开始有了心理障碍。

（二）常年疾病困扰，内心深受折磨

自2000年开始，陈某某先后数次因病情复发入院治疗，连续多年服用治疗精神疾病类药物，长期服药不仅使其身体较弱，而且给她的内心造成了极大伤害。在我与其谈心谈话中，她多次失声痛哭，抱怨上天对自己不公，为何要让自己承受如此多的苦痛折磨。

（三）缺乏家庭温暖，渴望得到关爱

陈某某曾经谈过一个在外地打工的男朋友，由于自幼遭遇家庭变故，缺乏父母关爱，加之母亲年纪已大，日常沟通不畅通，期盼呵护的陈某某全身心地将感情投入到了男友身上。在谈恋爱期间，陈某某没有继续坚持服药治疗，导致病情加重，母亲得知此事后，与她产生了激烈的争吵，最终在母亲的要求下，陈某某与男友结束了恋爱关系。

（四）远离社会、学校，人际交往能力、学习能力较差

陈某某住院期间，一直身处封闭式病区之中，母亲也只能定期前往探望，长期的住院经历使其缺少与同龄人正常交流的机会，对其人际交往能力、学习能力产生很大影响，而她在课堂上病情爆发时的状况，更让周围的同学对她产生疏远心理，陈某某也非常担心当自己再次回到校园时，会被同学们视为“有病的学生”。

（五）经济情况不好，医药费负担重

自父母离异之后，陈某某随母亲生活。上大学之后，学费、生活费等费用较高，为维持生计，母亲外出打工，以求获得更多收入。陈某某每次住院，都要花去将近两三万元的住院费用，每个月购买药物需500多元，而且由于陈某某有心理障碍，不适宜在学校宿舍住宿，陈某某与其母亲一起在校外租房居住，每月租金也要近千元，这些费用给这对母女带来了沉重的经济负担。

三、方法和举措

在掌握了陈某某的基本情况后，我认识到她是一个需要特别关注并倾注更多爱心的学生，于是我采取了一系列举措帮助她。

（一）思想上

坚持做到每周与陈某某进行一次谈心谈话，了解其思想动态。在其刚复学时，我告诉她没有任何老师同学知道她的病情，更没有任何人会对她有歧视或偏见，鼓励她放下思想包袱，重拾信心，以坚强乐观的态度直面大学学习和生活。在其与母亲产生矛盾，甚至大打出手时，我让陈某某站在其母亲的立场上，以母亲的视角来审视自己的行为做法，认识到母亲的辛苦与不易；同时，我也劝导其母亲接受陈某某有心理障碍这一事实，避免对其要求过于苛刻。在其萌生退学与男友一起外出打工想法时，我指出谈恋爱、渴望从男友身上获得关爱的做法我十分理解，但因恋爱而做出一些傻事是很不应该且不理智的行为，如果现在为了关系不稳定、未来不明朗的爱情放弃学业的话，实在可惜。

积极联系学校心理健康中心，为其安排固定的心理咨询老师，让其按时前去接受心理咨询，帮助其调节心理状态。为其报名参加心理健康活动，帮助其改善症状。

安排班级同学主动与其沟通交流，提供帮助，加强关心，让陈某某体会到班级大家庭的温暖。班级举办活动时，主动邀请陈某某参加；没课时，班上的女同学也会带陈某某出去逛街、看电影等，让陈某某不再感到孤单；针对陈某某由于服药造成的体质较弱的情况，我指导班级体育委员开展夜跑活动，带领陈某某一起加强锻炼，改善体质，增强自信。

（二）学习上

针对陈某某长期远离学校，学习能力较差的情况，我安排班级成绩靠前、性格温和的王同学作为其固定同桌，义务为其辅导功课。

考虑到陈某某学习成绩不佳的事实，我劝导其在学习上不要给自己太大压力，尽己所能即可，作为一名身体有恙的学生，能够敢于和病魔抗争、回到课堂上学习已经足够令人敬佩。

从我初识陈某某，她便透露出了自己将来想要成为一名导游的愿望，直至今日，她的愿望仍然没有改变，我结合其实际情况，为其推荐适合的旅行社做兼职，鼓励其锻炼专业技能，提高专业实践能力。

（三）生活上

复学之初，我便帮助陈某某及其母亲办理了校外租房手续，坚持每学期不定期前往其住所进行探望，了解母女情况，尽己所能帮助其解决生活困难。

由于陈某某母亲年事已高，只能靠在工厂打工获得些许收入，母女俩的经济负担很重。一方面，我帮助陈某某办理了助学贷款，从根本上解决学费问题。另一方面，为她进行家庭经济情况认定，申请国家助学金；积极运用各类补助资金，对其进行资助，缓解生活、就医困难。帮助其报销医疗费用，减轻医药费负担。

陈某某出院以后，我坚持叮嘱其遵医嘱按时服药，定期与其一起前往医院复查，及时与其主治医师沟通，掌握其病情。

四、成效

自陈某某返校复学之后，我通过对其思想上关心、心理上疏导、学业上帮扶及经济上资助，家校共同努力、形成合力，陈某某情况逐渐好转，病情逐渐稳定，能够与班级同学亲密、友好相处，脸上也时常展现出笑容。现在陈某某已正常毕业，正在一家旅行社工作。

五、启示

（一）辅导员的关心和爱护

从来都没有“问题”学生，辅导员要做的是帮助有困难的学生解决遇到的“问题”。在面对有心理障碍的学生时，要牢记“爱心和责任心比能力更重要”，站在学生的角度，为学生解决难题。案例中，陈某某历经数次治疗，在亲情、爱情等方面陷入困境，但辅导员坚持为其提供精神、物质帮助，以爱心和责任心感化陈某某。

（二）家长的配合和支持

受社会发展和传统思想影响，部分家长对子女有心理障碍的事实难以接受，甚至不予认可，拒绝与学校、医疗机构配合，导致学生病情恶化，严重影响学习和生活，最终酿成悲剧。本案例中，陈某某母亲虽然时常与陈某某产生矛盾和争吵，但在陈某某有心理障碍、需要治疗的问题上，她一直愿意与学校、医院配合，为陈某某最终扫除心理障碍提供了良好保证。

（三）专业的诊断和治疗

心理健康疾病的特殊性决定了其要由专业队伍来进行治疗，辅导员在处理此类问题时，要谨记不为冒险之事、不为臆断之事、不为代庖之事，积极向校心理健康教育中心、专业医疗机构寻求指导帮助，通过专业诊断和治疗助力学生走出心理困扰。

做照进心灵的光，走近她们的世界

——离异家庭学生心理帮扶

费白露

一、目的意义

离异家庭学生是一个不可忽视的教育对象群体。因而，了解离异家庭的成长环境对学生心理造成的影响，疏导其心理压力，帮助学生走出阴影，引导学生树立正确的世界观、人生观、价值观，培养学生团结友爱、乐观向上的品质，具有非常重要的意义。

二、主题

帮扶离异家庭学生重拾信心，乐观面对生活。

三、背景

在入学前，便在QQ群上与陈同学取得了联系，她毫不避讳地告诉我她的家庭境况：父母离异，母亲是下岗职工，靠替别人缝补衣服养活她和妹妹。因此，她想咨询国家助学金的事情，我细致地为她解答，并对她予以关注。

陈同学父母离异后，其父重组了家庭，但其母对此很介怀，常常会在听闻了一些事情之后，不理智地上门找其父讨说法，谩骂其父，给陈同学留下极大的心理阴影。起初陈同学护着母亲，但是经历了很多事情之后，其母仍然我行我素，去打扰其父生活。其母觉得自己的女儿也不孝顺，赞同其父再婚，因此多次对陈同学指责、谩骂。这使得本来懂事的陈同学渐渐迷失了自己，她开始变得极度缺乏安全感，甚至把这些情绪带到生活中，觉得自己过得很辛苦，大家都应当体谅她、照顾她，对一些不喜欢的人与事情缺乏包容，多次与班级同学产生冲突。

四、主要问题

离异家庭的孩子会受成长环境影响，表现出自卑、心理压力大等问题，因而陈同学入学后，我与她进行了多次交流，日常行为与谈话中反映出来的问题主要有以下几个方面。

（一）过于敏感，缺乏交流

交流过程中，她会反映其他同学的很多问题，每次反映过后都会添加描述自己的辛苦与努力，并抱怨别人不理解她。起初几次我选择安抚她的情绪，但在与其他同学交流时，同学们普遍反映陈同学过于敏感，不愿与他人多交流，很多时候会自己想当然地曲解别人的意思。

（二）内心脆弱，外表坚强

正如陈同学说的，父母离异，她并没有多难过，她难过的是自己的母亲并不能很好地照顾自己，思想过于偏激，离婚后还是在意其父的事，所以常常对她发牢骚，并做出一些出格的事。她努力坚强起来想让妈妈依靠，但现实让她身心俱疲，极度缺乏安全感。

（三）思想偏激，缺乏包容

陈同学勤奋刻苦，自身非常努力，但是缺乏包容。她给自己施加了很多压力，以至于很少有闲暇的时间，她很难接受在她辛苦奔波的时候，其他人却在休息，因此时常无意识地流露出埋怨的情绪。

五、解决问题的思路和举措

（一）思路

多关心，勤交流，享经历，做朋友，从家庭、学校两个方面做工作，帮助陈同学走出单亲家庭的阴影。

（二）举措

1. 安排职务，增加其价值感

她性格有些偏激，缺乏包容，但她做事正直严谨，十分适合认证委员的职务，再加上认证委员需要统计学分，和同学们联系密切，担任认证委员，可以增进其与同学的交流。

2. 关心生活，增加被关爱感

她自立自强，想要在大学自食其力，不给妈妈增加经济负担，所以寻了许多份家教，考虑到安全问题，班级多数女生带家教时，第一次上门，我都会陪护，确保安全；遇到有需要的，我也会第一时间介绍给她，她内心很感动。此外，我指导其申报了勤工助学岗位，并将其留为我的学工助理，也使得我们每周交流显得更加自然。起初是我问她说，在多次交流后，她开始主动跟我分享心事。她在心情不好时，也会主动向我咨询，排解烦恼。

因为少年时期的一些相似经历，所以很多时候我更能理解她急躁不安的原因。在一次她对我产生误会后，我主动跟她说了自己的经历，两人产生了共情，但也恰恰是那一天，我们走得更近了，她也更加愿意接受身边的人，更加愿意信任我了。倾听、关心固然重要，但能够设身处地为学生着想，分享自己的经历，让其感受真诚与信任更不能少。

3. 帮扶专业，增加其成长感

担心陈同学因为忙于挣生活费而耽误学业，我密切关注她的学习成绩，关心她的学习状况。学生的天职还是学习，不可本末倒置。我指导她联系专业课老师，提前进入实验室进行科研实验，她意志力强，一年来一直坚持每周末去实验室做实验，获得了导师的认可。2016年4月，她在老师的指导下申报，国家级创新创业训练项目。

4. 多方交流，增加被需要感

在得到陈同学同意后，我与她的母亲沟通过几次，并未谈及她们的家庭环境，也未谈及让她少给孩子施加些压力，因为按照陈同学对自己母亲的描述，我担心那么做只会让她对陈同学抱怨更多。因此，我们交流不说别的，只是单纯她告诉这位母亲，自己的女儿在大学里有多么努力，期望她在宽慰的同时多关心、理解孩子。

室友是大学四年朝夕相处的伙伴，若是她们之间不彼此理解，那在宿舍里的每一天，都将会度日如年。在我与她们逐一交谈之前，她们只知道陈同学是单亲，觉得她脾气倔、古怪，却不知道她有多坚强、努力。交谈之后，她们纷纷表示会把她作为榜样来学习，也会在生活中多包容她，多与她交流，避免产生隔阂。在陈同学的带动下，整个宿舍成了“学霸”宿舍，8个女生，大二获得奖学金的有4人，并都以优异的表现被推荐为入党积极分子，参加了入党积极分子培训班的学习，现已有一名同学被发展为预备党员。

六、主要成效

（一）融入集体，学会包容

陈同学并不是闭塞的人，她最大的问题是谁都不相信，总觉得大家没有自己承受的多，觉得大家不关心她，也无法理解她。

但是一年多班委经历使得她愿意主动与人交流，和室友的关系也很和谐，虽然在大二转为学习委员，她仍然是“铁面无私，不讲人情”，但是大家都对她很信任，觉得做事认真负责的陈同学是一个值得信任的人，她对其他人也不再苛刻，懂得包容他人。

（二）主动交流，学会控制情绪

现在每一次在接到其母哭诉或谩骂的电话时，她都能够相对冷静地面对了。每次聊天后也会记得和我的约定，主动联系我排解心中苦闷，陈同学在学习、生活中的情绪越来越少了。我像是她的老友，帮她抚平伤痛。另外，她现在能主动告知我班级动态，帮助我更好地管理班级，是我的好帮手。

（三）勤奋刻苦，学习优秀

由于听取了建议，陈同学细细地规划了自己的时间，她在认真学习的同时，带了几份家教，大二学年，陈同学已经可以用自己挣的钱缴纳学费了。她还告诉我先前妈妈生病，她还能够结余一部分钱给妈妈转去，贴补家用。

由于学习认真刻苦，她以班级综合测评第二的成绩获得了校一等奖学金，她告诉我，她好像越来越能体会到我说的那种做让父母骄傲的孩子是一种什么样的感觉了。

七、启示

对绝大多数普通孩子而言，可能生活并不艰辛，人生也并不坎坷，他们不会有那么多的期望，更不会有那么多的失望。而对于离异或其他特殊家庭的孩子来说，他们就像是一个折翼天使，在帮助他们的过程中，我们应当更加慎重、仔细、包容。

（一）注重细节、关注动态

平时应当多进寝室、进课堂，走到学生中间去，以参与者而非旁观者的角色陪伴在他们身边，进而观察学生的细微变化，做到早发现、早处理。

（二）信息来源要广泛、注重隐私保护

除了关注细节，更应当充分利用班级信息源与新媒体的资源，及时掌握班级学生动态，并且应注重保护问题学生的个人隐私。

（三）保护自尊心、增强自信心

离异家庭的孩子，多数有自卑心理，且自尊心强、比较敏感，在帮扶过程中，应当更加注意帮扶的技巧，逐步引导学生树立自信心，慢慢融入集体，切不可盲目介入，以防挫伤学生的自尊心。

（四）要有爱心、责任心

要获得离异家庭学生的信任与认可，是一项长期工作，这要求辅导员老师要有爱心、责任心，真诚地对待学生，逐步与学生建立信任关系，达到共情。

对于成长在离异家庭的学生，他们或多或少都会受到家庭的影响，这一切在我们遇见他们时，都已经发生了，作为人生导师、知心朋友，我们最应该做的就是在她们委屈、迷茫、不安时给予帮助，指

导他们如何面对，不回避那些事实，正确看待，引导他们树立正确的世界观、人生观、价值观，用正确的方式去改变家庭环境，把握自己的未来。

任何东西都有裂缝，光就是这样照进来的，只有成为照进他们心中的光，走近他们的世界，才能引领他们拥抱多彩的人生。

一例因转专业引发的心理问题及处理

汪华伟

一、案例介绍

何同学，女，大一第二学期在家长的要求下（本人不愿意）转入我院某专业。进入该专业后该生表现出沉默寡言、很少与其他同学交流、不参加班级活动等状况。9月份开学后，该生正常报到入学。开学3周出现了旷课、夜间不睡、白天嗜睡、不洗澡、长时间盯着某件物品发呆等异常状况。据反映该生对新专业存在抵触情绪，得知情况后，我第一时间向分管学生工作的副书记和大学生心理健康中心汇报，同时电话通知父母来校处理。9月末，母亲来校后配合学校带该生进行咨询与诊断，经过某专科医院初步诊断该生疑似抑郁症和精神分裂早期症状，母亲同意并支持该生休学回家调养，并办理了休学手续。10月8日，父亲带该生来到学校，反映对休学结果不认同，坚持要求正常上学。

10月11日，其又在父亲的坚持下返校。10月12日，该生提出需要休学，认为自己还有没有思考完的问题，并表示这次返校只是为了证明没有精神问题。10月13日，父母同意学生休学申请，次日父亲同该生一起回家。

二、主要问题

在这个案例中出现了学生情绪反复、父母意见不一致、不配合等相关情况，导致了事件处理情况复杂，主要有以下几点：

（一）父母对待事件态度不一致

该生父亲认为是自己对孩子保护太多，导致了该生缺乏生活自理能力及人际交往能力，平时喜欢自己思考而已，不存在学校所说的行为异常和心理问题。母亲则表示该生确实存在问题，无奈母亲在家中无话语权。

（二）该生认为自己没有任何问题

在医院检查结束后医生得出抑郁症和精神分裂早期症状结论，提出必须要药物介入治疗。但该生反应强烈，始终认为自己没有任何问题，只是内心在思考一个不愿告诉他人的秘密。

（三）父亲不认可学校指定医院

父亲认为学校指定的医院不合适，认为孩子不该去专业医院就诊，可以去普通医院心理门诊诊断，认为某专科医院是专业的精神病医院，是无形之中给孩子扣上了精神病的帽子。

（四）父亲不同意学校的处理意见

父亲一方面不同意母亲办理的休学手续，也不赞同学校家长陪读的建议，始终坚持孩子没有任何问题，认为是学校处理草率、学校过于敏感。父亲坚持让孩子回校继续上学，并在宿舍居住。

三、方法与举措

这起事件经历了学生行为异常的危机干预、母亲同意学生休学并带其回家、父亲不同意休学、父亲要求复学、学校要求去医院诊断、学校同意家长陪读、学生再次提出休学等一系列情况。整个事件的处理耗时一周多，总结案例我认为有以下几个关键点：

（一）发现问题和异常情况应及时应对

我所带的班级定期召开信息员和寝室长会议，及时排查班级安全隐患、了解学生学习生活状态，同时结合日常查寝，认真观察，做好记录。这起事件中学生主要表现为在寝室长时间盯着某件物品发呆、晚上睡觉迟、不与他人交流、不洗澡等情况，以上情况由我的观察和寝室同学反映综合得来，面对这样的情况，我按照学校危机干预流程及时汇报，并安排专人陪伴，同时及时与家长沟通，确保学生在事件处理过程中不发生意外。

（二）征得学生家长同意后第一时间到专业医院进行诊断

由于心理问题的敏感性，很多家长不理解、不配合，因此在事件处理初期应明确告知家长下一步该怎么做，在征得家长同意后去专业医院接受诊断，防止家长事后质疑医院诊断结果。

（三）坚持学校相关政策和要求，不以个人感情而变化

学校关于心理危机干预处理有明确的要求和流程，作为一线辅导员应当加强学习，将事件处理流程了然于心，只有这样才能在事件处理中坚持原则。进入心理危机干预的学生一般都有着共同特点，这些学生的内心往往是痛苦的，有些学生的家庭还是十分特殊的，为此作为辅导员我们不能因同情可怜学生而擅做主张，这样是对心理问题学生的不负责任。

（四）积极协助家长办理相关手续

在心理事件处理中，家长也很煎熬，他们的内心是痛苦的，作为辅导员需要去理解、体谅他们。因此在事件处理中无论家长态度如何，辅导员都应当以积极的态度协助家长处理相关事情，并帮助家长办理相关手续。

四、分析与启示

（一）心理问题的产生与家庭环境有较大的关联性

在该起案例中，通过事件的全程参与、处理、协调，我发现学生本身是善良、单纯的。之所以出现这样的情况，与家庭环境有着密切的关系。该生家庭中父亲要求十分严格且简单粗暴，母亲受过高等教育，有时不愿与父亲争执，因此在家中显得有些弱势。父亲在家中经常通过语言等冷暴力刺激该生，导致该生害怕甚至躲避父亲。对于父亲的决定只有顺从。长此以往，该生内心压抑和不满情绪逐渐累积。

（二）心理问题学生需要更多的关心与关爱

在事件处理中，学生不跟母亲谈内心、不跟心理咨询师谈近况、

不跟心理医生谈困惑，对外界总是充满戒备。很多时候都是我在跟学生沟通：一方面是前面跟学生的接触让学生信任了我，另一方面是觉得辅导员对他各方面很关心所以愿意说一些内心的不愉快。我觉得要想做好心理问题学生的工作，辅导员应该真正地深入到学生中去，走进学生的内心深处，给予学生学习、生活上的关心，让学生真正信任你。

（三）心理问题事件处理要准确、及时、专业

心理学是一门学科，更是一门科学。在心理危机事件处理中我们应当积极地向专业人士寻求帮助。辅导员在发现事件的早期阶段应该第一时间汇报并处理，并向心理健康中心的心理咨询师寻求帮助。危机干预中的咨询、评估与诊断需要专业人士来进行，只有科学的诊断和积极的治疗才能尽快、尽早地帮助学生解决苦恼。

（四）心理问题事件处理需做好家长的工作

在心理危机事件中，最难应对的事情就是家长的不理解、不支持、不配合，在有些环节家长还会质疑辅导员、学院、学校的意图。有些家长从个人角度出发，认为学校是为了规避风险、怕担责任而忽视了学生的真实情况，这样一来就会影响整个事件的处理。因此，在心理危机事件干预中辅导员应扮演多个角色，既要及时向学校汇报相关情况，也要适时做好学生的思想工作，还要努力说服家长，获得家长的信任与支持。

五、主要成效

这次危机干预以学生和父亲同意休学、回家调整结束，我们真正做到了为学校负责、为家长负责、为学生负责。通过本次事件，家长深刻认识到，该生确实存在着心理障碍，需要回家调整；同时也意识到了需要尊重孩子的想法，支持孩子的合理选择；更重要的是学生切实明确了自己面对当前情况该如何调整与应对。

主动面对，积极引导

——一位焦虑及孤僻学生的辅导案例

王　琳

一、目的意义

随着生理、心理的发育和发展，社会阅历的扩展及思维方式的变化，当代大学生在学习、生活、人际交往等方面，会遇到各种心理问题。有些问题如不及时解决，将对大学生的健康成长产生不良影响。

本案例中，小杨同学的心理问题已经严重影响其日常的学习和生活，给周围的同学也带来了极大的困扰。因此，如何帮助这位同学积极面对自身问题，并根据心理状况及时加以疏导和干预是我接下来辅导工作的重点。

二、主题

引导学生积极面对心理问题，学校和家庭相互配合，共同做好学生的心理辅导。

三、背景

小杨同学于2014年8月正式进入大学校园，学期初表现积极，主动参与班级活动，积极融入大学生活。不久后，小杨同学在学习、生活及人际交往上出现了一些问题，如自我封闭。小杨同学吃饭、上课都是一个人，独来独往，在寝室一般不与室友交流。在军训期间，小杨同学就曾因嫌室友吵闹而在寝室发生争吵。与此同时，小杨同学多次表达身体不适，军训期间她就多次请假表示说身体不舒服需要回寝室休息，吃不下饭，也睡不着，身体还莫名地痛。小杨同学在记忆方面也出现了一些问题，如记不住上课的时间和地点而迟到，经常别人刚刚和她说过的话，她立马就忘了。

四、过程与分析

（一）问题出现，初步了解情况

为了寻找小杨同学人际关系不和谐及行为举止怪异的原因，我以了解学习情况为由邀请她到办公室谈心。我从学习情况入手，逐渐把谈话转移到了寝室生活上。沉默了片刻，小杨同学对我说，平时在寝室与他人相处得并不是十分和谐，她喜欢一个人安静地做自己的事情，觉得自己不是很合群。我听完小杨同学的情况后，提出了几点建议，希望小杨同学能敞开心扉融入寝室，同时尝试改变自己的个性，多多包容她人。

这次交谈后，我清楚地认识到，单独与小杨同学谈话是不够的，我还与小杨同学的室友交流，希望她们能多理解和帮助小杨同学改变孤僻的性格。然而通过与其室友的交谈，我发现小杨同学寝室关系不合的原因比较复杂，一些怪异的行为远非性格孤僻可以解释。如小杨同学喜欢半夜坐在镜子前面化浓妆，这不仅打扰了寝室同学的休息，还使室友们感到害怕。

（二）问题加重，进行干预

2014年11月，小杨同学与其室友的矛盾愈演愈烈，直接影响到了其本人、室友甚至其他寝室同学的学习生活，我逐渐认识到小杨同学心理问题的严重性。之后，我密集地安排与小杨同学本人交流谈心，密切与其室友保持联系，及时指导她们与小杨同学和睦相处。

我当时仍希望通过真诚沟通、心理辅导、师生合力的方法疏导小杨同学的心理问题。但是在和小杨同学的多次交流中，我逐步推翻了自己对于解决其寝室问题所采取的方法，事实证明小杨同学交流交际能力不足，思维矛盾、误区极多，表现出语言表达很不流畅，理解能力不足，和其沟通多次很难取得效果。

我还组织班委们与小杨同学及其室友沟通，希望借助同龄人的沟通优势帮助小杨同学解开心理上的结。班长和副班长多次去小杨同学的寝室处理室友之间的矛盾；生活委员在晚上查寝时，特别留心小杨同学寝室的关系，关心其生活情况。

至学期结束后，我逐步通过种种事实推断小杨同学可能存在比较严重的心理问题，在保持心理干预的同时，我将相关情况告知了小杨同学的父母。

（三）加强沟通，多方引导

由于小杨同学的父亲长年在外地打工，只有过年才回家，所以我联系了其母亲，通过与其母亲的电话交流，了解到小杨同学在家是老大，下面还有妹妹和弟弟，妹妹已经辍学，她和弟弟正在读书。我将小杨同学在学校的这种情况告知其母亲，其母感到很担心。问其在家里表现如何，其母说她在家只和家里人说话，整天在家里待着也不出去和人交流，就把自己关在房间里面看电视，还喜欢在家里发脾气。

2015年3月，小杨同学要求搬出宿舍，独自在某小区租了个很小的房子，理由是实在无法忍受其室友的行为。我和班长及学习委员得知此事后，多次上门稳定小杨同学情绪。小杨同学租的房子是最高层，她曾表示有想跳楼的过激念头。我表面未表露出声色，怕刺激了她的情绪，保持冷静用亲和的言语宽慰她。之后我立即和两位班委一起密切关注小杨同学动态，轮班值守，防止出现意外。同时再一次联系了小杨同学的父母，告诉他们小杨同学的情况，想合力帮助小杨同学。

小杨同学的母亲得知后，心急如焚地赶来，我第一时间就让其班长护送小杨同学来我办公室与其母亲见面，同时详细说明了她在学校的种种奇怪表现，此时小杨同学表现得很淡定，她在说话时，表现出一种很放松的状态，就在向她母亲说明具体情况时，她突然说了一句："我以前在某地医院诊断过有抑郁症，而且医生还开了很多药，但是吃了药后很困就要睡觉，所以就没有吃了。"但当她在说这个话的同时，她母亲极力地想打断她，这让我感觉到这个学生以前有过病史，这已经不是我们老师可以解决的了。随后其母说了她其实在2012年就已经考上了某地的一所三本学校，但是在2012年读书期间受到了刺激，之后退学回家休养了半年后感觉已经好了，所以就让她在当地的高中复读了一年，考入了现在的大学。随后我向学院党委副书记汇报了此事，学院的意见是速去某医院进行专业诊断。

（四）就医确诊，进行治疗

去过某地医院看过病，同时医生还开了药这个事实证明小杨同学很大可能是患有心理疾病，这样的问题已经超出了我们自身可以解决的范围，在向学院和学生处心理健康教育中心汇报后，当天下午便陪同小杨母亲带小杨同学去某医院就医检查。

经某医院诊断，小杨同学患有精神分裂症。在医生给的报告表里，小杨同学患有精神方面的疾病，而且病情还在持续加重之中，希望小杨同学暂时先休学一年，离校调养，待病情好转再继续学业。

我深知作为学生家长的小杨母亲是不愿意接受这样的建议，这毕竟加重了家庭的负担同时影响小杨同学的学业。起初小杨母亲不同意女儿休学，经我和班长积极开导，陈清利弊、着眼长远，最终小杨母亲听从医生的建议。

但是在2015年4月10日办理休学的过程中，小杨同学的情绪波动很大，一天中反复变换着决定，时而想休学，时而想坚持上课。我首先本着尊重小杨同学决定的原则，耐心地开导并说明专业医院医生的建议，小杨同学也慢慢坚定了回家休养的念头，当天晚上我和两个班委帮助她收拾整理完所有的行李。

2015年4月11日，我和班长早上五点多来到小杨同学住所的楼下，并提前预约一辆出租车，将母女送至汽车站上车直至离开。

（五）隐私保护，消除影响

在进行心理教育和心理干预的过程中，我尽全力保护学生的隐私和声誉，去某医院进行诊断只有我一个人陪同，同时医生出具的诊断说明书，只有我和小杨母亲知道诊断结果，连小杨同学自己都不知道。我深知名誉对于学生们的重要性，因而在心理教育的各个环节充分做好对小杨同学的隐私保护。

在小杨同学离开学校的当天，我召集了负责此事的班长和学习委员，同时告知他们小杨同学因为性格比较孤僻和内向的原因，先回家调整休养一年，等一年结束后再来复学，同时告知班长此事不需要在班级公布，更不要误解误传，尊重同学的隐私。

小杨同学走后，我仍与其母亲保持联系，询问她们的生活近况。目前小杨同学的病情已经有了明显好转，离校休养作用明显。

五、辅导工作的思路及方法

在应对了这样一起心理教育与辅导的案例后，我感触良多，在事件基本处理好后，我认真总结分析了这次教育案例，结合自身所学，得出以下几方面体会：

（一）及时、准确地发现心理问题

日常生活中对学生的观察、同伴群体的了解和反馈对识别心理障碍和问题的帮助作用很大，但同时作为辅导员老师，要加强对心理健康知识的学习，尤其是心理问题产生的原因以及外在表现的学习，这样才可以在学生出现某种不正常的行为时，能准确快速地判断。

（二）及时开展心理教育工作

要在发现端倪后尽快采取心理干预，要及时、迅速研判形势给出相应对策。对于力所能及的心理问题范畴，要注重方法，提高干预效果；对于不能有效作为的心理问题，要尽快交至有相关能力的单位或人员解决，并坚持学习以提高自身能力。

六、启示

对这次教育案例进行充分反思后，我也总结出一些能具体实施的心理疾病处置经验：

（一）防患于未然

在这种心理疾病的情况发生前，要防患于未然。当前一大批独生子女和留守子女进入大学，他们往往缺少同寝室人相处，以及和他人携手合作的经历，这些都容易引发心理疾病。也有以前就存在心理隐患，但怕被别人指指点点，因而憋在心里，结果一入大学后，独自与其他同学生活，容易暴露出来。因此，要让刚入学的大学生了解到什么是心理疾病，知其然并且知其所以然，不再将心理疾病视为洪水猛兽。努力宣传有关心理疾病的知识，预防心理疾病的发生，并鼓励学生主动去学校设立的心理咨询室找老师咨询。

（二）多渠道入手

当发现某学生存在心理疾病的苗头后，积极干预。在充分了解可能患有心理疾病学生的室友、同学、老师及其家人所反映的情况后，找学校心理健康中心的老师或去精神病医院进行咨询，提前发现，尽早处理。如果没有心理疾病的情况，要加强沟通，化解矛盾；如果发现确有可能存在心理疾病的隐患，积极同其家里取得联系并在心理健康老师的陪同下，同其沟通，让他明白事情的重要性，鼓励其积极参与问诊，提早解决问题。

（三）多方面准备

就医确诊后，面对的可能就是休学治疗。要做好确诊后学校对其休学等工作的处理，和其家长进行深入交流，确保家长了解学校的相关规定。在与确诊同学的后续交流中，要尊重他的选择，在让他充分了解自己的情况后，理解自己行为举止的不合理之处，劝解其积极进行休学治疗，事后要做好对该同学的隐私保护。

对于心理健康教育与辅导，我仍在不断探索、不断学习、不断总结、不断提升，希望与学生们同成长共感悟，将学生心理健康教育工作做实做好！

大学生心理问题早发现 重在一个"细"字

——一例精神分裂症学生的处理案例

吴家发

一、目的意义

通过介绍一例妄想型精神障碍患者的发现、咨询及转介过程，凸显辅导员在日常工作中必须做到细致入微，及时发现问题并解决问题，从而有效维护大学生心理健康状态，提高高校校园稳定管理水平。

二、主题

细微观察，识别心理问题；细致工作，维护校园稳定。

三、背景和分析

我在新生入校第一天探访学生宿舍时发现姚同学的桌上摆了几本哲学书籍。与其攀谈，姚同学跟我阐述的喜欢哲学的理由有些奇怪，或者可以说有些文不对题。带着这样的疑惑，我对姚同学格外留意了些。

观察发现：姚同学与人交往不多，喜欢独来独往；生活自理能力比较差，换洗衣服不勤，衣着不整洁，军训期间内务水平很差。通过找其谈话，姚同学对自己的人际交往和自理能力认识并不符合实际。我私下安排了同寝室的一位同学关注姚同学的日常，有特殊情况及时与我反映。

直至学期中姚同学向我提出了请假，想在宿舍休息。他"真诚"地和我说了他身体不舒服的原因——因为他心脏跳动得比较慢，也就是心动过缓。原因是他的体内有一种特殊的物质致使他的心脏跳动过缓，且这种物质目前世界上仅他一人有，并且有个组织想要找到他提取出这种物质制作药物。我开始意识到了问题的严重性，并有意识地开启了手机录音，并引导他继续交流。通过谈话，我基本掌握姚同学的心理异样表现和原因。

自知力偏差。该生对自己的生活能力、自我评价产生了偏差。其知识不成体系，喜欢推理，但是推理的逻辑非常人思维，不接受其他人的观点。这些特点该生本人并不认同。这种明显的自知力偏差也是及时发现其存在心理问题的重要线索，不合理的妄想状态是其外在表现。该生关于体内有毒物质等导致他身体不适的诉说已经严重脱离了实际情况，从心理学的角度说该生已经具备了妄想这种病理性思维症状。这是诊断其患有严重心理问题的主要依据。

简单粗暴的家庭教育。姚同学出生在一个农村家庭，父母受教育程度不高，教育管理水平受限，从小棍棒式教育让该生受到粗暴的家庭对待，从而在其内心留下较深的童年阴影。特别是初中时因为家里丢了50元钱，父母认为是姚同学偷了钱，对其棍棒相加，最后姚同学屈打成招，此事对其心灵造成了严重的伤害。

孤僻的性格因素。通过其他同学及老师的观察和评价，姚同学性格孤僻、冷漠、人际交往能力欠缺。这也是我对其留意和积极关注的原因之一。

四、辅导思路

（一）积极地关注和共情

新生入学时的偶然交流，感觉姚同学的思维并不具备内外统一性，我就开始留意姚同学，经常找其谈话，起初姚同学是拒绝的，我开始也只和他聊关于他在学习和生活上的问题，以嘘寒问暖的方式做到共情，慢慢拉近我与他的距离，他的话也逐渐多了起来。在他诉说的过程中，我能做到主动倾听。倾听的过程中，我并不急于下结论，并用表情和目光给予一些鼓励性回应。

（二）密切关注，并及时汇报

学期初的些许怀疑让我对其格外关注，并私下叮嘱其周围尤其是同宿舍的同学注意观察他的反常状态，必要时及时和我联系。请假事件，我意识到该生必须全天候地有人与之相伴，否则该生有可能会做出一些危害自己或者他人的过激行为。我短信安排了同寝室的同学请假陪护姚同学，随后送他回宿舍。与此同时，我第一时间将掌握的情况汇报给了分管工作的学院领导，并与学校心理健康中心取得联系并将录音提交心理健康中心。中心给予的回应是密切关注该生动态并通知家长到校。

当晚八点半，我接到陪护同学的电话，在他吃饭回宿舍的功夫，姚同学联系不上了。在家长还没有到校的时候出现这样的事情让我十分焦急。我向领导如实汇报情况后，带领班级学生干部从他朋友入手，了解他平时活动的轨迹。经多方求证，得知姚同学可能去火车站接他女朋友。在取得公安民警的支持后，我便安排学生以火车站为中心重点盘查宾馆住宿信息。终于在凌晨2点的时候得知姚同学在车站旁的某家宾馆登记住宿。了解其安全后我安排另一名同学也在该宾馆住下，关注姚同学的动向。

（三）家校合力，确保安全无事故

第二天一早，其母来校。我将事情的来龙去脉与其沟通后，姚同学母亲坚决否认姚同学的心理问题，并拒绝就医。随后我将其母亲带往学校心理健康中心专职老师处，让专职老师以专业的角度向其说明利害关系，并建议尽快休学就医。随后其母还是在我的陪同下前往了某专科医院。其与校心理健康中心给出的结论一致，专科医院也做出了属于精神分裂症的结论。这样的结论姚同学及姚同学的母亲仍予以否认。在与其商议后，其母提出前往合肥市相关医院咨询。将情况与相关领导汇报后，我便与其一同前往合肥。最终，及时对姚同学实施相应的危机干预措施。

五、经验启示

该案例中姚同学的受迫害妄想极有可能让他产生一些过激的非正常的反抗措施，势必对接触人群的安全造成危害。因此，心理问题早发现对于预防学生突发事件有着决定性的作用。而想要早发现学生的心理问题，需要我们凡事多留一份心，注重从“细”字入手。偏门的爱好、孤僻的性格、差于常人的自理能力、非正常的请假理由等无不需要我们细心留意。

（一）观察学生学习生活细微异常

任何心理问题的产生并非无中生有，或者一蹴而就，一些生活上和学习上的细微异常往往能给予学生工作以提示。比如学生的兴趣爱好就值得我们多问几个为什么。

（二）细腻走进学生的世界

想要真正了解学生，就要让学生充分信任，这种信任建立的前提就是需要我们走进学生的内心世界，感受他们的世界，与之共鸣。同时，学生行为习惯的产生与学生成长的环境和家庭教育有着密不可分的关系，只有了解学生成长和生活的背景才能理解学生各种行为问题背后的根源。

（三）细致做好问题学生的处理工作

发现问题学生，到安全处理完问题学生的问题，这期间需要我们细心做好安排，保护好问题学生的安全、稳定等工作。做好相应的文字记录，必要时可以通过录音、拍照等方式留存资料，以备不时之需。详细的记录一方面是工作本身需要，另一名面也为更为专业的咨询、诊断提供依据，同时也是学生工作者自我保护的一项重要措施。

一例受骗学生的心理疏导案例

王　志

一、背景

新生入学后对于校园生活感到新鲜，单纯质朴的学生社会经验不足，容易被蝇头小利所诱惑。遇到经济诈骗事件时往往手足无措，产生害怕、自责、抱怨的情绪，心理上的负面影响会直接反应在学生的日常行为中。加之学生家庭教育、生活背景不同，自我调节能力不强，辅导员的心理疏导工作就显得尤为重要。

心理疏导有助于帮助辅导员了解学生思想，把握学生动态；对于不同类型的学生，采取有针对性的心理疏导方法，会产生良好的效果；心理疏导的良好效果有助于学生认识自我，提高应变能力，帮助其成长。

二、案例简介

开学后的一个周末，不法推销人员潜入学生宿舍，谎称特殊渠道购进大量文具用品进行推销。四名新生涉世不深，经不住利益诱惑，协商共同出资，一次性购买近万元文具和生活用品，欲在校内转卖赚取差价。购买资金由王同学垫付，清点物品时发现数量出入很大，质量极差，无法正常使用，且无法联系上推销人员，四名同学蒙受巨大经济损失。

因家庭环境，教育背景不同，四名同学在事件处理过程中产生不少分歧，相互埋怨，推卸责任，巨大经济压力更使得原本亲密无间的同学关系产生隔阂。辅导员力求通过心理疏导的方式，帮助学生应对此次事件，缓解心理压力，恢复纯真的同学情谊。

三、问题分析

经济诈骗事件暴露出学生自身安全意识薄弱的问题。针对这样的问题，校、院、班三级要加大安全教育的力度，时刻敲响安全警钟。经济诈骗事件的处理过程难度大、周期长，往往枉费学生大量精力，影响正常的学习生活，需要辅导员经常性地与学生交流沟通，做好思想工作。同时，不同的家庭环境和教育背景也会影响学生对于事件处理的态度，个体差异就需要辅导员有针对性地开展工作，将不良影响降至最低，帮助学生尽快回到正常的学习生活中去。

四、工作思路及案例处理

多数学生经济诈骗事件处理时，辅导员注重事务性工作，按部就班地将事情推向“结束”。然而，在事件处理的过程中，学生因为自身世界观、人生观、价值观并不成熟，容易产生心理波动，心理疏导就成为辅导员需要关注的工作重点。对于程序化的事务性工作，辅导员应更多指导学生完成，将学生从诈骗事件的受害者、被动接受者，变成问题解决的主动实施者。辅导员工作重点应放在与学生进行沟通，及时掌握学生心理动向，通过心理疏导帮助学生应对事件上。

（一）案例初始阶段

辅导员在得知学生受骗的消息后，首先安抚学生的情绪，了解事情的经过，并帮助学生联系学校保卫部门。其次，协助学生报案，同公安机关密切配合，参与案件处理。再次，与学生保持密切联系，掌握事件处理的最新进展，及时做出指导。本阶段的工作重点在于引导、帮助学生参与案件处理，鼓励学生提供线索。通过与公安机关的多次接触，学生既锻炼了社会交往能力，又收获了最为直接的安全防范技巧，积累了宝贵的社交经验。

（二）心理疏导阶段

本阶段的工作重点在于稳定学生情绪，让学生认识到受骗的事实，理性看待问题，并通过心理疏导避免学生过激行为的产生。事发后及时同四名学生进行集体谈话，地点就选在了学生的宿舍内。在相对熟悉的环境内，让学生最大限度地放松下来。谈话中发现四名学生的心理活动有明显差异。

谢同学和周同学表现得较为冷静，且能客观认识到自身问题，积极总结经验教训。王同学较为冷漠，面无表情也没有任何言语。尚同学则较为激动，对于犯罪分子非常痛恨，但是不愿面对自身安全意识淡薄这一事实，将问题归结于犯罪分子的狡猾和阴险。通过分析发现，四名同学不同的反应源于各自不同的家庭背景和生活经历。这就要求辅导员在事件处理过程中，要根据每一名同学的实际情况，采取不同的心理疏导方式。

其次，针对集体谈话时四名同学不同的反应，改变谈话策略，进行分别谈话。谈话中，谢同学和周同学能够面对受骗事实，并主动与家长联系，在学校和家长共同的引导下，放下了心理包袱，很快将注意力放在了学习上。

王同学的整体情绪比较低落，多次表达与辅导员单独交流的想法。在交谈中得知，王同学的母亲对于经济损失非常看重，迫切要求其余三位同学还钱，但不关注王同学被骗同样是受害者。这样给王同学带来很大的思想压力，他感受不到亲情的关怀。既不想破坏同学情谊，又想早日拿回属于自己的钱，矛盾的心理使得他有些不知所措。谈话中辅导员建议王同学要相信公安机关，同时要理解母亲焦急的心态，并鼓励王同学尽快把注意力放到课堂上。王同学表示能够理解其他同学的难处，在收到部分经济补偿后，情绪有所好转。

尚同学的情况较为复杂，性格内向，家庭经济条件不好，受骗金额对于他来说是巨款。因为无力偿还，他选择逃避，一个人走到长江边，所幸发现及时，在同学的陪伴下安全回到宿舍，没有发生意外。但是敏感的他不愿意向辅导员吐露心声，情绪不稳定。尚同学主观地认为大家对他有歧视，学校老师和公安机关只是敷衍了事，并不会真正解决问题。此时辅导员一方面帮助他联系临时补助，一方面帮助他分析受骗的原因。既解决思想问题，又解决实际困难。尚同学也渐渐感受到了来自学院的关怀。因为经济压力得到缓解，心理压力也小了很多，情绪也趋于稳定，能够接受受骗事实。在案件后期的处理过程中，他主动要求与其余三位同学一同接受安全教育。

（三）心理跟踪阶段

辅导员可以通过其他同学去了解他们的情况。除了尚同学依然有些内向，不愿谈起受骗的事情，宿舍其他同学状况已经恢复如初。此时辅导员依然有意和这四位同学进行交流，通过一些问题的探讨，不断了解他们的心理状况。这样的心理跟踪或许不会有新的发现，但是本着防患于未然的宗旨和从关心学生的角度出发，有针对性地去了解他们的心理状态很有必要。

五、主要成效

通过耐心细致的心理疏导和后期观察，目前所得出的结论是：四位学生已经能够正确认识到自身安全意识淡薄的事实，并且认真进行了总结，吸取经验教训，在班级安全主题班会上，他们也将自己的遭遇分享给大家，告诫大家要加强防范，很好地体现学生“自我教育”的原则。

持续性的心理疏导既可以防止学生因为社会经验较浅、思想不够成熟而出现心理波动，影响正常的学习生活；又可以加深师生情谊，让学生在学校感受家一般的温暖。

六、启示

第一，心理疏导在实际操作中存在一定难度，因为专业知识和技能需要系统学习和长期积累才能获得。但是想要了解学生的内心并不难，关心他们，在困难的时候出现在他们身边，往往就能打开这些单纯孩子的心扉。真情实感的交流，远远胜于技巧。

第二，辅导员在类似事件的处理过程中一定不能停留在常规工作的范畴上。程序性工作其实可以通过与不同部门配合来完成，也可以鼓励学生主动参与进来。但是心理疏导却是辅导员需要承担的工作，具有一定的复杂性、时间上的不确定性，不能伴随事件处理的结束而结束，是一项长期的工作。

第三，心理疏导所带来的育人成果往往超乎想象。当学生遇到困难向辅导员求助时很容易展现他们的本心，这也是师生加深了解的绝佳机会，借这样的机会对学生进行正确引导，所产生的教育意义不仅仅停留在单一事件上，往往还具有持续性和延展性。

当学生遇到困难，辅导员应该辩证地看待，不要抱怨学生又惹了麻烦，要多思考事情发生的深层次原因。通过心理疏导，可以将不良影响降到最低。辅导员要善于利用心理疏导、心理教育的手段帮助学生在各个阶段成长成才。

第六篇

网络思想政治教育

运用辅导员博客开展网络思想政治教育

徐 彪

一、目的意义

加强网络思想政治教育是大学生思想政治教育的重要组成部分。随着时代的发展，新媒体进一步普及，其功能进一步拓展、国际化水平进一步提高，对大学生的影响更加深刻，同时对大学生思想政治教育主体、客体等也带来诸多挑战。大学生思想政治教育必须适应这一变化和趋势，不断创新，提高吸引力、感染力和有效性。运用博客等新媒体开展线上线下思想政治教育，扩大工作覆盖面，解决大学生实际问题，使思想政治教育取得实效。

二、问题分析

虽然腾讯QQ、微博、微信在开展网络思想政治教育方面具有方便、快捷、互动性强等优势，但其开放性和自由性使用户在发帖子时缺乏思索，随意性强，往往造成无关信息较多，且刷屏率高，冲淡思想政治教育的效果，辅导员很多针对性的网络工作易被湮没，不易实现鲜明的虚拟形象塑造。

博客在网络思想政治教育中具有本身不可替代的特质。博客是以日历、归档或按主题分类的方式来组织文章或帖子，并进行分类，内容较为深刻，可以作为知识管理系统来管理自己的博客体系，实现与读者分享讨论的目的。

三、主要思路

博客虽不比微博、微信便于手机等移动终端的阅读和传播，但作为一种信息交流平台，通过一系列的博文，可以更好地实现解决一类问题、受众一类学生，各年级各专业甚至各高校学生资源共享，不流失、不重复教育的目标。

（一）结合班集体创建，使博客成为班级学生关注的“焦点”

一是推进阵地多样化。学生到哪里，辅导员就到哪里，跟着学生走，也带着学生走。博客同QQ空间、微博、微信、飞信、班级云平台相互补充。二是推进内容多样化。内容上由班务通知逐渐过渡到学习、生活、思想、就业、恋爱观、实践等各方面信息。学生也逐渐营造了“有事情看空间，有问题到空间”的氛围，这有效地凝聚了班集体。三是推进功能多样化。在发挥班级班务公开、网上班会、通知公告、思想引导、话题牵引、案例借鉴功能的基础上，强化信息监管等功能。可以通过网络信息监管，发现学生中间存在的生活问题、心理问题、安全问题等，及时发现，采取适当方式及时处理。

（二）结合学团组织职能，使博客成为团员青年关注的“聚点”

充分利用学院团委、学生会、学生社团和各年级班级团支部的资源，扩大共青团思想引领和榜样选树的功能，逐渐实现全院学生骨干、团员青年的全覆盖，班级团支部的全覆盖。弥补了部分学生干部传达精神不透不实的不足，学生听到的是学院团委老师、辅导员老师最直接的声音，这也避免了对学生工作的误解。

（三）结合辅导员工作交流，使博客成为学工队伍思想能量场的“汇合点”

辅导员博客为辅导员在共同目标下进行各方沟通和探讨提供了场所，可以促进辅导员之间的经验交流和知识的共享，为辅导员解决实际问题提供了思路和借鉴。在与学生的交流和互动中，了解学生所想所求，有针对性地查阅资料，在全国范围内与各高校同仁交流思想、沟通方法，可高质量地解决学生工作实际问题。

四、具体做法

（一）博文写作方面

博文可分为思想教育、党团建设、学习辅导、生活指导、心灵导航、就业成长、班团工作、我的班级等板块，可创建；更新系列博客相册，鲜活体现辅导员工作轨迹和班集体建设过程。可发起话题讨论、加入或创建相关群组交流互动；可进行博客搬家、网站内外博文分享等。

沿着问题上，带着学生走，解决学生最关心的问题，讨论学生最关注的话题，回应学生中间最关切的疑惑。在精力分配上、在育人环节上、在辅导员功能上、在教育实现途径上加强理论性博文、问题式博文、生活化博文和团队化博客建设和推广。

在增强学生班级归属感和辅导员关注度上，尽可能多地发布涉及班团组织建设和课余文化活动的日志等。发布全院团员青年普遍参与的暑期社会实践、志愿者服务活动等博文，使学生的付出得到老师的重视。开展“网络主题团”活动，通过网络收集青年意见，加大团组织活动的宣传，切实强化团组织的内聚力。及时了解青年群体的意愿和建议，做出及时、准确的在线解答和引导。把新媒体技术主动运用于思想政治工作的宣传阵地、舆论阵地，进一步拓展团组织在青年群体中的影响力和覆盖率。

（二）博文育人方面

博客在网络思想政治教育中发挥了思想引领、学习辅导、专业导航、就业指导、心理疏导、情感引导、实践育人、舆论监控等功能。下面以两个具体事例说明博客的部分育人功能。

1. 心理疏导

班级一名女生很用功读书，成绩在班级一直名列前茅，但家庭条件较差，想到仍在艰苦条件下劳作的父母，恨自己不能早日报答他们，对学习开始动摇决心。通过飞信聊天，辅导员讲述了自己如何度过大学生活，与学生产生共鸣。学生感动到流泪，表示聊天给了她应对现实和未来压力的勇气。

征得学生本人同意后，聊天记录以博客日志的形式发布，在学生中间引起了很大的反响。班级一名男生被日志内容深深感染，在看到日志的第三天鼓足勇气到辅导员办公室，流泪诉说他的家庭贫困情况、求学状态和兼职经历，并保证一定会合理安排时间，努力学习。

这种影响力是我当时没有想到的，也深深地激励我继续坚持。

2. 情感引导

一名男生失恋后，一直循环播放歌曲《我们不是对手》，上课心不在焉，面无表情，饮食就寝不规律，与同学交流明显减少。在了解情况后，我以该歌曲的歌词为切入点撰写了一篇博文，逐句开导他勇敢面对失恋的挫折，以积极的心态学习和生活。该同学看到博文后虽然有一段时间还听该歌曲，但多了几分理性思考，也逐渐从阴影中走出来，我们也看到了他久违的笑脸。

该博文也引发了班级其他同学的关注，许多同学纷纷在博文下留言和交流。有类似问题的同学不时翻看该博文，起到了很好的教育引导效果，达到了一篇博文解决同一类问题、收益一类学生，且不重复教育的目标。

五、主要成效

本人以博客为重点，借助腾讯QQ空间、微博、微信辐射作用，充分利用四大平台，取得显著效果。

（一）促进了师生线上互动

博客更加生活化、人性化、专题化，拉近师生之间、同仁之间的距离。在网络博客中，没有了居高临下和被动接受的感觉，为学生管理工作者打破时空的阻隔。近2年间，发表博文348篇，相册8个，学生评论1621条，浏览量6万余人次。不仅自己班级受益，其他班级、专业甚至其他高校师生、学生家长也可共享成果，身份逐渐演化为大众辅导员、网络辅导员。

（二）拓宽了新媒体育人平台

博客与QQ空间互联，资源共享。QQ空间浏览量超过14万人次，是平台有效对接的有力佐证。加强信息监管和研判，共发现并及时处理班级部分突发事件、极端事件近十起。博客功能可有效补充其他自媒体本身的不足，横向拉伸了网络思想政治教育的广度；博客可继续深化之前的教育，纵向推进了网络思想政治教育的深度；博文的思想性、针对性、理论性，垂向提高了网络思想政治教育的高度。

（三）推动了工作“三结合”

促进了工学结合、学思结合和学研结合。博文具有系统性、普遍性和可借鉴性。每一篇博文都是经过思考、学习并结合实际情况撰写而成，提高了辅导员个人工作水平，有利于形成学术论文、深入课题研究等。在博客的建设中，主动查找和学习相关知识，进行加工整合，运用青年语言、青年思维，在博文中与学生“键对键”交流。

六、几点启发

（一）博客是学生工作的万花筒，对网络思想政治教育的内容具有映射作用

博客客观反映了思想政治辅导员的工作内容，成为学生工作的万花筒。辅导员博客里要有对党的方针政策的理解和对学生进行思想教育理论内容、思想方法的普及；要能引导青年学生明确人生目标，掌握正确的学习方法和处世态度，尽可能地为青年学生提供人文的、科技的熏陶和感染，使辅导员博客成为青年学生的舆论阵地、心灵家园和网上课堂。

（二）博客是师生成长的计步器，对学生了解和支持辅导员工作具有促进作用

按照时间顺序发布的一篇篇博文，是师生关于青春的记录仪。博文在网络世界的一角见证师生共同走过的岁月，这回忆会淡化苦涩和疲惫，放大幸福和甜蜜。辅导员可以尽情地展现自己的才华和精神风貌，提高自己在大学生中的影响力。要把自己的人生阅历、生活感悟、奋斗历程与青年学生分享，把自己在文学、科技等各方面的知识技能与同学分享，使学生全面认识辅导员，提高辅导员的非权力影响力。把辅导员的工作职责、工作安排、工作体会，甚至工作中的酸甜苦辣分享给学生，引导学生给予积极的配合，增强学生对辅导员工作的认同感，消除师生之间的隔阂和误会，增进师生关系的和谐。

（三）博客是育人合力的助凝剂，对辅导员育人本领的发挥具有群聚效应

网络阵地建设需要氛围营造。丰富的工作实践可以成就博客，用

心撰写的博客可形成理论、上升为学术，促进学生工作能力的提升，促进辅导员队伍职业化、专业化建设。某一个辅导员博客的作用是有限的，若能建立一批优秀的辅导员博客群，则可营造一种浓厚的氛围，提高大学生对辅导员博客的认可程度和接受程度，从而形成合力，扩大教育引导效果。要加强辅导员博客之间的交流，取长补短、资源共享、优势互补，使辅导员博客成为优秀的校内网络思想政治教育资源集散地。

如何挽救网络成瘾的大学生

盛　贤

一、目的意义

通过对学生沉迷网络导致学业荒废的具体案例进行分析，从而进一步思考如何引导大学生摆脱网瘾，切实有效地通过学校、家长和社会三方合力对学生正确使用网络起到促进作用的有效途径和长效机制。

二、案例介绍

张同学，男，2012级艺术设计专业学生。该生入学成绩班级排多前十位，大二下半年迷恋上网络游戏，开始阶段经常在周末通宵达旦上网，后来甚至发展到一周不回寝室，吃在网吧，住在网吧，辅导员多次劝说后仍不改正，后来其父得知情况，来学校劝其改过，张同学当面保证以后决不再玩网络游戏。但其父母刚走，他又进了网吧的大门，而且玩得更加疯狂，把报补习班和考技能证的报名费都用来上网，还不停地向周围同学和朋友借钱上网打游戏。时间一长，他和班上的同学都生疏了，在班级也没有好朋友，学习成绩直线下降。有时他也想静下心来好好学习，可是网络上的朋友总是千方百计找到他，邀请他一起玩。现实中，他找不到学习和生活的目标。在网络游戏中，他受人追随。因为缺乏学习的目标和动力，抵挡不住游戏的诱惑，张同学深陷其中。

三、解决问题的方法

为了帮助他摆脱网瘾，将注意力转移到学习上来。大三开学初，我找了张同学谈话，并从以下几个方面进行引导：

（一）进行思想感化

1. 抓住"家庭经济困难"的实际

张同学来自安徽农村，家里条件并不富裕，父亲常年在广东东莞打工挣钱养家，母亲在家务农并照顾老人。当我谈及学校相关管理制度的时候，他表现得很紧张。他想到自己将父母辛苦挣来的学费钱全部挥霍在网络上，现在很可能因为考试挂科而不能顺利从大学毕业的时候，他觉得无颜面对为了自己上学而辛苦挣钱的父母。

2. 抓紧"孝敬父母"的心理

在谈心谈话中，我从一个朋友的角度和他仔细分析了一个农村家庭要供一个大学生是何等不易，而这样家庭的父母对自己孩子望子成龙的那种期盼通常是高于其他家庭的，父母希望自己的孩子能通过大学的学习，摆脱面朝黄土背朝天的生活，说到动情之处我发现他有点触动，眼眶里有点湿润。

（二）制订关怀计划

1. 重点关注

我安排学生干部重点关注张同学，加强对他的课堂考勤和晚归不归检查。一旦发现他进网吧打游戏，就立即报告辅导员。

2. 朋辈教育

学生干部带他参加集体活动，转移他的注意力。同时，要求班长和团支书与他结成互助小组，在学习上和生活上关心帮助他。

3. 加强引导

利用走访宿舍和谈心谈话的方式，让张同学了解网络成瘾对大学生造成的负面影响，提高对网络的正确认识，学会如何正确使用网络。

4. 心理疏导

通过学校开设的心理讲座、心理咨询、心理测试等项目，对张同学进行心理疏导，引导他学会正确处理现实的人际交往与网络虚拟生活之间的关系。

四、工作成效

谈话结束后，我会定期找他了解一下情况。通过一段时间的观察，张同学的情况有所改观。

1. 学习兴趣提升

通过老师的督促和同学们的帮助，张同学不仅减轻了对网络的迷恋，而且学习成绩逐渐上升，从大三第二学期开始再没有出现过挂科现象。

2. 同学关系融洽

在同学的热情邀请下，张同学又回到班级篮球队中，可以经常看见他在球场上挥洒汗水了。同时，在班上与其他同学积极组队，参加各类设计比赛。

3. 积极规划未来

现在进入大四，他除了平时按时上课以外，还报名软件辅导班学习专业软件，并主动联系设计公司进行实习，为就业积极准备。

五、分析与启示

学生网络成瘾的问题已得到社会各方的关注，高校工作者和大学生自身要采取预防措施，形成学校、家庭、社会三者合力，做到齐抓共管，抓出实效。

1. 加强班级引导

通过与学生的谈心谈话，能够倾听他们的心声，帮助他们树立正确的人生观、价值观；加强学生干部对该类学生的关心和帮助，引导他们重新融入集体生活中，提高他们的自信心和人际交往能力；重视学生的心理健康教育，努力营造“健康网络，和谐心理”的良好氛围，为大学生营造良好、宽松的成才环境。

2. 积极联系家长

定期与学生家长进行沟通交流，共同对成瘾学生进行教育感化。在帮助过程中尽量减少对该类学生的责备，尽可能与成瘾者就其成瘾的原因进行交流；鼓励家人通过倾听成瘾者的感受，与之外出散心或帮助其培养新的爱好等措施；让成瘾学生与家人共同制订具体计划，让成瘾学生接受外界监督，家人给予有效的督促和鼓励。

3. 强化自我管理

网络成瘾的病理之一就是使用者缺乏自我控制能力。在纷繁的网络世界里，大学生应能够把握自我，不断地强化自律意识；提高健康使用网络的意识，加强抵御网络对个体身心的侵蚀和控制能力；大学生要广泛培养兴趣爱好，积极参与社会交往，在交往中体验沟通的乐趣，摆脱孤独感，用现实的人际关系取代虚拟的互动空间。

第七篇

危机事件应对

一位女大学生自我伤害的危机处理及应对

李　震

一、背景

高校在社会转型和综合改革的不断深入的环境中，面临着复杂的外部压力，加上高校人员密集、学生年龄集中在20岁左右，高校突发事件时有发生，这也给学生管理工作带来了严峻的挑战。虽然这些危机事件具有突发性、不确定性、破坏性、严重性的特点，但高校辅导员应对突发事件必须高效、稳妥，只有这样才能真正做到为学生服务，服务学生的一切。

张某是我院某专业大二的一名女同学，父母均是中学教师，家庭条件较好，为独生子女，且长相较好。该生从小家庭教育较为严格，也养成了较为良好的生活、学习习惯，对自己的要求也较为严格；在班级中，该生总体表现尚佳。该生大一下学期从其他学院转专业到我院学习，住在原来的宿舍，不与对外汉语专业的学生住在同一栋宿舍楼。在经过一个学期的转专业学习和生活后，其受到了班上同学的关注，尤其是吸引了男同学的目光。大二上学期开学后不久，同班级同学王某便对她展开了追求；不久后，两人便谈起了恋爱；但不到一个月，这两人便分手了。

二、案例处理过程

（一）及时到位，迅速回应

一天下午5点，张某的好闺蜜蔡某向我反映，从上午第一课后到现在都没有张某的任何消息。我接到蔡某的电话后，第一时间赶到张某所住的宿舍，以期从她室友那里了解具体情况。从同宿舍的室友和蔡某那里了解到最近这段时间张某有以下异常行为：一是张某在和父母通电话的时候，经常性的情绪失控，痛哭流涕；二是张某半夜失眠，到凌晨三四点钟还没入睡，甚至还发了一条信息给蔡某说有人想谋害她，并要囚禁她爸妈。三是今天上午第一节课，张某脸色惨白经常性东张西望。根据这些线索，尤其是近期张某的异常行为表现，我初步判断张某是因为恋爱分手后，情绪失控，有产生自杀或自我伤害的可能。

（二）救人第一，安全为先

遇到如此突发的紧急事件，我立刻向学院党委副书记汇报了此事，并立刻联系张某的家长，并告知具体情况。接着，安排蔡某和若干学生干部去学校及周边寻找，防止其跳楼和跳河的情况出现。最后还通过短消息、微信和QQ留言的方式发送安慰的言语，希望父母、老师和同学的鼓励能够让她明白这些恐惧是幻想的，所有关心她的人都在安慰她、陪着她，这些可以战胜一切，包括恐惧。

经过各方的努力，张某终于主动给我回复了微信，告诉了我目前她的具体位置和相关情况。找到她之后，发现她已经进行了自我伤害，在手腕上划了两个口子，万幸的是她没有生命危险。

（三）随机应变，给予温暖

我把她送到附近医院的路上，一边握着她的手，一边说关心鼓励的话，以安抚其情绪。在送到医院进行简单治疗之后，她才慢慢和我说起了事情的来龙去脉。张某在惊恐之下，选择了自残的行为来逃避别人的迫害。在下定决心划破自己的手腕时，感觉到了一点疼痛，便打开了手机，发现了有老师、同学和父母的关心电话和短信，便觉得不再恐惧了。

（四）做好跟踪，帮助恢复

为了让该生恢复到正常的学习和生活，也不影响即将到来的期末考试，我后期也采取了一些措施做好跟踪工作：积极联系学校心理健康中心的老师，定期对张某进行心理辅导和心理评估，并根据评估结果合理安排其学业任务；定期联系张某的父母，家校配合，一起帮助张某走出恋爱失败和恐惧的困境；安排班级干部和其闺蜜轮流陪护张某，关注其心理变化、情绪波动情况等。

三、主要成效

学生家长十分满意学校的处理方式，并对学校充满了感激之情，认为学校非常重视学生，真正做到了以生为本，一切为了学生。

张某在此次事件之后也更加认识到亲情的重要性，身体发肤受之父母，更应该自我珍惜，否则受伤害的是自己的父母以及身边关心在乎自己的人。快乐学习、快乐生活、快乐工作是生活的基调，用阳光积极的目光对待生活和周边的亲人朋友。

四、启示

张某在校期间没有正确处理好恋爱关系，遇到突发事件，情绪容易失控，产生了极度恐惧心理，甚至是幻想。期间，张某没能寻求外界帮助，导致心理发生变化，致使恐惧在内心积累，产生了幻想。而我们作为学生工作者，不仅要时刻关注学生情绪的变化，抓住异常情绪的每一个细微表现，更要教育班级同学注意关注自己的心理健康、关注身边同学朋友的异常行为表现，争取在学生中建立一个畅通、有效而又准确的信息源。一旦发现异常情况，立刻干预、随时疏导、长期关注。

对于本案例，我有如下感悟体会：

第一，热爱学生，关注学生的个体差异。把学生当成自己的朋友，对学生要有爱心。无论哪一个学生，都不能厚此薄彼，要一视同仁。在平常的学习生活中，要深入地了解每一位学生的状况，通过学生日志、微信朋友圈和同学等多种方式收集学生相关资料，做到“心中有学生”。

第二，发挥班级学生干部的核心作用。在班干部中形成异常情况汇报制度，发挥党员对班级“五特”学生的一对一关心帮扶作用；一旦发现问题要长期进行跟踪和了解，这样才能做到“心中有责任”。

第三，学生工作中要有预防意识。在班级日常管理中要适时召开主题班会、开展辩论赛、观看教育影片，以引导学生养成正确的恋爱观、正确地处理人际关系。这是高校思想政治辅导员的工作任务，所以我们应该做到“心中有节律”。

第四，危机事件应对一定要及时。在危机事件发生后一定要第一时间掌握情况，冷静面对问题、科学规划应急措施，并及时指导学生正面面对危机和处理危机，第一时间向相关领导汇报情况和危机应对进程情况。真正做到应对危机事件“心中有章法”。

五、有待探讨的问题

针对张某的案例，有两点值得探讨，一是关于大学生的恋爱教育，如何帮助大学生树立正确的恋爱观。大学中的恋爱是完全建立在相互自由选择的基础之上，但由于物质基础薄弱、心理不太成熟、情感比较丰富等特点，恋爱稳定性相对较弱。所以，如果恋爱受到一些外界的干扰、阻抗，恋爱关系就容易破裂。恋爱失败后，就会产生许多应激性反应，轻者伤心难过一段时间，重者寻短见，甚至报复他人。

二是辅导员如何及时关注学生思想动态，防止此类事件发生。辅导员需定期深入学生宿舍、走入学生课堂、参与学生活动、进入学生的网络空间。学生在哪里，辅导员工作的地点就在哪里。同时，发挥班干部的朋辈辅导作用，注意学生行为的变化和思想舆情的引导。

总之，在以后的工作中，作为辅导员，我们不仅仅要加强引导学生正确的恋爱观的建立，更要增强对危机干预的反应速度，帮助学生正确地应对一些不良情绪、处理好极端情绪，真正成为学生的良师益友。

学生休学期间溺水身亡事件的处理

梁　倩

一、背景

李某某，我校2011级某专业学生，来自安徽阜阳一个农村家庭，自小父母外出打工，长年的留守生活造成该生性格内敛，不善言谈，自尊心较强。开学初便因为她的沉默寡言而注意到她，在入学的第二个寒假之后，该生没有如期返校，手机关机，通过联系学生父亲，了解学生因身体原因，需请假一周，此后该生父母又因各种事由，帮学生续假一月之久，期间了解到该生于放假前向本专业学生陈某表白遭拒。

2013年3月中旬，学生与母亲一起返校，学生母亲称想通过陪读来弥补对孩子关爱的缺失。在与学生日常接触中发现学生的眼神涣散，觉察学生可能患有精神疾病，建议学生母亲陪伴就医。后得知家长隐瞒了学生的病情，第一时间将此事汇报分管领导以及心理健康中心老师，后学生休学回家休养治疗。

2013年7月，因家长照看失利，学生溺水身亡，因保险事宜家长指责学校的规章制度，并称陈某是导致学生死亡的间接原因，要求追究陈某的责任。

二、主要问题

第一，李某某来自农村家庭，留守儿童的成长经历，缺乏来自父母的关爱，性格自闭、内向，不愿与他人交流。

第二，担心学生病情被发现，无法继续在校学习，家长隐瞒学生的病情，以弥补对学生的关爱为由，主动提出来校陪读；该生母亲将学生的服用药物随身保管，对学生谎称这些药物属于补药，用以调节她的身体。

第三，学生休学期间，溺水身亡，家长提出无理要求，追究学校为何不为学生购买意外伤害险，质疑学校的管理规定，并要求追究学生暗恋对象陈某的责任。

三、解决思路

事情发生之后，领导高度重视，第一时间启动突发事件应急处理机制，多方联系、主动前往、给予安抚，在整个事情处理过程中，学院积极作为，同时采取了以下措施：

（一）及时汇报，多方联系解问题

得知学生意外身亡，家长询问学校是否给学生购买意外伤害险。我第一时间将此事情汇报给分管领导，寻求解决办法。通过询问校医院医管办以及镜湖区医保中心关于学生保险的购买详细事宜，然后告知学生家长。

（二）耐心倾听，体恤家人化矛盾

保险事宜无果后，家长提出要追究学校责任，并提出来校闹事，从前期对学生的关心角度出发，引导家长注意到学校对于学生的负责任态度，消除家长对于学校管理的误解；而后家长提出陈某是导致学生患病的源头，要求追究该生责任，考虑家长失去女儿的悲痛心情，对于家长的一些不合理说法，尽力做好安抚工作。

（三）赶赴现场，重点突破促成效

事情发生的第二天，学院相关老师携带学校和学院给予学生家庭的慰问金，一同赶往学生家中。因前期跟学生母亲一直保持联系，关系较亲密，并且学生母亲比较明事理，在家中起主导作用，因此主要从学生母亲方面做工作源于对我工作的信任，学生母亲比较赞同我的说法，提出不再追究学生的责任。

（四）保持联系，有效联系观事态

后续一直跟家长保持联系，对于家长的指责和谩骂，一直沉着应对，尽力体恤和安慰家长；假期中家长多次提出来校协商相关事宜，告知家长学校处于放假期间，各个部门都在休假，耐心解答。

（五）尽力帮助，全程陪同增信任

2013年9月，学生家长来校办理学生退学和退费事宜，全程陪同家长前往镜湖区医保中心和学校各个部门办理相关手续，事后家长对于我的工作表示感激和理解。

四、思考与启示

作为与学生接触最多的辅导员，应该关心、关爱学生，加强对学生的日常教育和管理，多与家长沟通、联系，保持与学生家庭的良好关系，让家长了解学校对于学生的关爱和关注，不至于等到事件发生而生硬地告知家长学生的情况，造成家长对于学校管理的误解，从而不配合事件的处理。对于此次案例的处理，有以下几点启示：

（1）构建突发事件应急预案，针对不同类型的突发事件，制订应急预案，掌握突发事件的处理程序，为突发事件的有效处理提供依据。

（2）摆正心态，包容和理解所有学生，而不是站在对立的角度来看待“问题”学生，这样才能在处理危机事件中摆正角色；要关心和关注“问题”学生，从物质和精神层面给予帮扶，让家长了解到我们工作的出发点是为了学生的身心健康，消除家长对于学校管理工作的质疑。

（3）保持与“问题”学生家长的有效联系，帮助家长正确看待自己的孩子，建立与学生家长的良好关系，为危机事件的处理奠定良好基础。

（4）辅导员说话办事要考虑个人的身份和立场，在处理危机事件时，也要考虑家长的立场，理解家长的爱子之心，引导家长合理地看待某些事情，只有在理解的基础上才能开展工作。

（5）增加知识储备。在处理危机事件的过程中，运用专业知识能增强学生和家长的信服度。

一例电信诈骗未遂的案例处置分析

李高举

一、背景

近年来，随着中国金融、通信业的快速发展，虚假信息诈骗犯罪迅速在中国蔓延，借助于手机、固定电话、网络等通信工具和现代的网银技术实施的非接触式的电信诈骗活动迅速扩张，给人民群众尤其是接触社会不深的学生群体造成了较为巨大的损失。而由电信诈骗引发的学生失踪更是学生群体突发事件中的复合形式，把握好此类事件发生的本质、规律，及时化解难题，防患于未然，有助于辅导员有条不紊地处理日常工作，在关键时候心中有数、忙而不乱。

我院学生赵同学，出生于农村，社会阅历较少。某日下午，学习委员将班级考勤结果报送给我，发现赵同学旷课。由于赵同学一向遵守课堂纪律，从未旷课，因此我电话与其联系，发现她的电话一直在通话中，班级同学也无法与她取得联系，多处寻找无法找到赵同学的踪迹。据室友介绍，赵同学中午接到了一个电话，内容大概是网购的包裹有问题，警察要求其配合调查。在了解相关情况之后，我们初步判断赵同学可能误入了电信诈骗团伙的骗局。

二、处理过程

（一）事件的发生

某日上午，我院赵同学接到一电话，该电话冒充上海市公安局支队工作人员，称该同学网购物品的申通包裹中含有非法违禁物品，性质比较严重，需要该同学找一个安静的地方电话配合调查，且不能让别人知道此事。由于该同学害怕此事连累家人、同学和老师，私下向同学借180元钱到长剑宾馆202房间开了房，独自一人与诈骗分子进行长时间的通话。期间该同学主动与家人取得联系两次，称自己要去黄山画画，需要3000元钱，让家人即刻打给她，实则是诈骗分子称交3000元钱能够帮助该同学延缓起诉，争取调查时间，查明真相。

（二）事件的处理

在向学校领导汇报此事之后，学院与高校园区派出所取得联系寻求帮助。学院师生分路行动，一部分同学查找校园监控，一部分同学在学院领导和辅导员的带领下前往火车站和汽车站寻找该同学。期间，学院一直保持与该同学家长的联系，通过电话提醒家长不要汇钱给赵同学，防止上当受骗。在汽车站调取监控一直持续到下午17:00，由于诈骗分子一直没有拿到钱，且通话时间较长，最后告知赵同学返回校园打钱，时间节点为18:30。17:40赵同学宿舍室友打来电话称发现赵同学返回校园，学院领导指示请两名同学陪同赵同学前往学院办公室了解情况。

（三）事件后续

事后经了解，诈骗分子一直在与该同学通话，告诉赵同学不能泄露此事，也由于赵同学担心害怕，始终没有把事实真相告诉老师和家长，期间学院与家长已做好了沟通，不要汇钱。在赵同学到达办公室后，学院领导与她谈话，她清楚了此事是诈骗行为，并对该事件进行了深刻反省，至此事件得到了解决。

三、思路、方法和举措

事情发生之后，校院领导高度重视，争取时间，把学生的生命财产安全放在第一位。在整个事情处理过程中，学院积极作为，第一时间上报并启动预警机制。同时采取了以下措施：

（一）第一时间了解事件过程

在得知学生失去联系之后，学院第一时间找到赵同学的室友了解事情的经过，得知赵同学是中午接到电话称包裹有问题而借钱离开学校，认定了赵同学是由于电信诈骗引发的失踪。

（二）第一时间联系和寻找学生

在确定赵同学受骗之后，学院第一时间发动班级同学到保卫处监控室查找学生的踪迹，到校园及其附近宾馆寻找学生。分管学生工作的副书记和辅导员也尽快到芜湖市火车站和汽车站调取监控，寻找学生。同时，联系高校园区派出所寻求帮助。

（三）及时通知学生家长防止上当受骗

考虑到学生的家长赶赴学校路途较远，学院及时向学生家长通报了整个事件的过程，并在电话中多次提醒家长在接到学生的电话时要稳定其情绪并要求其立刻返回学校，同时反复提醒学生家长要注意不要汇钱给诈骗分子，以免造成更多损失。

（四）认真总结反思，做好安全教育

在寻找到失踪学生之后，学院及时了解学生的受骗过程以及诈骗分子的诈骗动机，认真总结了整个事件的发生和发展过程。当天，通过主题班会等形式，以此案例为基础向班级同学进行了一次防范经济诈骗的安全教育。

四、主要成效

从整个事情的处理过程来看，学院的工作得到了社会和学生家长的认可和肯定。通过学院领导和老师的努力，学生平安返回校园，经济上没有受到损失，诈骗分子的诈骗动机没有得逞。

五、分析与启示

通过这一事件，从学院层面来说，学生安全教育工作被提到了更加重要的日程；从学生层面来说，防范诈骗应首先提高安全防范意识；从辅导员层面来说，安全教育重在提高认识，立足于平时工作。

作为与学生接触最多的辅导员，做好工作的重中之重是要了解自己的学生，掌握学生的动态。辅导员必须在工作中不断总结经验，将工作做好做细，才能做到心中有数，忙而不乱。

利用各种机会和学生接触，走到学生群体中去，对他们开展常规

性的安全教育。

与园区派出所结成安全共建单位，每学期邀请公安民警到学校开展安全教育，帮助学生树立安全意识。

严格考勤、外出离校登记等制度，随时掌握学生的动态，保持手机24小时处于开机状态。

培养学生互相关心、互相帮助的意识，培养学生干部（晚归考勤为安全委员，课堂考勤为学习委员）及时上报考勤消息的意识。

建立突发事件的预防和处理机制。在预防机制上要树立“防不胜防也要防、管了没用也要管、说了没用也要说”的观念，提高认识，立足平时；在处理机制上要掌握突发事件的处理程序，学习必要的法律法规知识。

六、有待探讨的问题

（一）建立全员化和全程化的联动预防体系

学生的安全是学生在校学习生活的前提和基础，关系到每一位学生的切身利益，关系到学校的发展和稳定。突发事件的发生极容易引发强烈的社会反响，形成辐射性效应。但在预防和处理突发事件上，仅靠辅导员一人的工作是难以面面俱到的，因此探索构筑预防学生安全事件发生的体系，建立学生突发事件处理的联动机制是摆在目前的重要问题。只有形成全员化、全程化的预防体系，形成全员化的联动处理机制，学生安全问题保障才能得到进一步加强。

（二）探索预防经济诈骗的有效教育形式

预防经济诈骗要从新生入学教育开始抓起，关键在于要落实常规化、生活化的安全教育活动，要开展学生喜闻乐见的教育形式，让学生在活动中真正受到教育。

针对新生家长的电信诈骗案例

莫大贡

一、背景

大学生安全教育是大学生日常思想政治教育的重要组成部分。随着网络、新媒体的深入发展，诈骗形式不断翻新，诈骗对象由学生向学生家长延伸。目前的大学生安全教育已不仅仅是对学生本人的教育，它还延伸到对家长的教育，需要家校的紧密合作。

二、主题

电信诈骗越来越猖獗，学校要和家长紧密联系，共同做好安全教育工作。

三、案例概述

2015年11月11日下午3点左右，我院某专业新生林同学的妈妈接到自称是学校老师的电话，称林同学在学校出事了，正在医院抢救，急需汇3万块钱。林妈妈当时联系不上林同学，就联系了她的室友。她的室友及时向我进行了汇报。因为林同学是班级的团支书，我派了一位学生干部去团课现场找她，果然找到了她。我们和家长的合作及时地阻止了一起诈骗案件的发生。

下午3点半左右，我在学院新生群里发了一条紧急通知：所有学生都要给家长打个电话，一方面报平安，另一方面强调如果接到类似的电话，不要相信，先给孩子和辅导员打个电话确认下。

就在我收到一个个学生回复信息的时候，突然接到郭同学的电话，他说他还没来得及给家里打电话提醒，他妈妈就打电话给他了，说被骗了3万块钱。骗子说郭同学在学校教学楼楼梯口摔倒，脑震荡了，在医院准备动手术，急需钱。

我立刻让郭同学提醒家长在当地报警，又将这件事情汇报给了主管学院学生工作的副书记，并且在全校的学生工作群中提醒相关老师警惕这些骗术。学院在接到我的汇报之后，及时向校保卫处做了汇报，保卫处也向全校进行提醒，以防更多的学生上当受骗。

经过分析，这次诈骗呈现出以下几个特点：

（1）骗子行骗对象主要是新生家长；因为新生第一次离开家乡独立生活，家长比较担心。

（2）接到诈骗电话的学生家长主要是福建和广东。这说明，这很可能是同一团伙在犯罪。

（3）诈骗电话都是170开头，无法显示归属地。根据了解，170开头的号段是虚拟的号码。

四、解决问题的思路、方法与举措

（一）解决问题的思路

先甄别事情的真假，然后根据甄别的结果进行相应的处理。如果事情是假的，要向领导汇报，避免更多的人上当受骗；如果事情是真的，学生真的住院，就要向领导汇报，联系家长，及时到医院看望。

（二）方法与举措

1.确认学生安全

第一位家长接到诈骗电话来询问孩子安全与否的时候，由于学生正在上课，我就派了一位学生干部赶到上课地点，并将结果及时反馈给学生家长，制止了诈骗案件的发生。

2.提醒受骗学生家长

受骗家长在短时间内失去理智，陷入情绪化的自责当中。这个时候，我提醒他们及时报警。

3.及时向领导汇报

在派学生干部寻找该学生的时候，我向主管学生工作的副书记汇报了学生家长接到“学校老师”要求打3万元的事情。这样做的目的是因为自己工作经验不足，当时无法直接判断事情的真伪；再者，可能类似的事情不止一例，可以通过副书记使得更多的学生工作者知道这样的事情。

4.提醒学生注意类似诈骗

我要求每位学生给家长打电话。为了防止父母当时不在一起，我特意强调要给爸爸妈妈都打，然后一一汇报给我，防止更多的同学及家长上当受骗。

五、主要成效

由于及时报告学校，并通知其他辅导员，在其他学生家长接到类似电话时，没有一个上当受骗。

六、分析与启示

学生到了大学之后，家与校的地理距离在加大，家长与大学老师的心理距离也在疏远，家校合作已不像中小学那样紧密，这也给一些骗子有可乘之机。所以在进行大学生安全教育的时候要将家长这一关键要素纳入进来，加强与家长之间的沟通合作。为了减少或避免此类上当受骗案件的发生，可以有下面一些做法。

（一）加强家校合作，搭建沟通渠道

为了搭建家校沟通合作的桥梁，可以从下面几个方面努力：

（1）转变家长的思维。孩子进了大学不是“船到码头，车到站”，对孩子的培养还需继续。

（2）高校要创新联系体制，可以将辅导员、本科生导师、任课教师、学院行政老师等力量整合起来，分别有针对性地与学生家长联系。

（3）利用新媒体，创新联系机制。可以利用QQ、微信等新媒体拓宽家校联系的渠道。

（二）实施安全教育，家长不能缺位

这个案例中上当受骗的是家长，利用的就是家长对孩子担忧的心理。可见，在学生安全教育中，家长是不可或缺的。家长如何做到不缺位呢？首先，要建立家校联系的渠道，经常性地进行沟通。然后，家长要加强自身安全知识的学习，防止骗子从自己下手。最后，建立

亲密的亲子关系，培养默契。

（三）学生安全，警钟长鸣

大学生的安全形势很严峻，这主要体现在安全事件的突发性和多样性。面对安全事件的突发性，要将工作做在平时。我们无法做到避免一切安全事件的发生，但是我们可以减少因为工作失误原因产生的安全事件。而面对安全事件的多样性，我们可以做到的是要在工作中总结，提升我们应对安全事件的能力和对安全事件发生的预见性。

七、有待探讨的问题

在大学阶段，家校合作呈现出很多的难点，面对着很多的挑战，这些是我们后面需要探讨的问题。

如何提高家校合作中双方的积极性？

如何提高家校合作的效率？

如何巩固家校合作的成果？

第八篇

职业规划与就业指导

高校毕业生考研辅导三维模式

左方敏

一、目的意义

考研已经成为高校缓解毕业生就业压力和提升毕业生就业质量的重要途径，是毕业生职业生涯规划的重要选择之一，对毕业生提升自身素质、提高就业质量、拓展就业平台、实现人生价值具有十分重要的意义。因此，做好毕业生考研辅导工作对高校就业工作和毕业生就业具有十分重要意义。但是，当前高校毕业生考研辅导工作也存在着方法单一、针对性不强、成效不明显等特点，其主要问题是学生日益增长的考研辅导个性化需求与当前落后、单一的辅导方式之间的矛盾。

二、主题

本案例，以三届毕业班考研辅导工作为实践，提出考研辅导工作的三个维度，即考研辅导阶段性特点、考研对象个体性差异、考研学生多重化关系，创新考研辅导的方式方法，并取得良好效果。

三、主要问题

（一）考研辅导阶段性特点问题

考研辅导工作是一项分阶段、有步骤、讲策略的系统工程，但是在实际工作中考研辅导方式方法往往一成不变，没有抓住各阶段工作特点，不能够进行分时辅导。

（二）考研辅导个体性差异问题

考研学生群体庞大，而每一类考研学生都存在着差异。但在辅导工作中，却容易忽视群体差异，对所有考研学生一概而论，不能够进行“分类”辅导。

（三）考研辅导多重化关系问题

考研期间学生压力较大、心理素质较为脆弱，容易因外界条件变化，或因自身人际关系处理不当而产生情绪波动。大体上有室友关系、研友关系和恋爱关系，这些关系处理不当，将会影响毕业生考研。

四、解决问题的思路方法和举措

（一）抓住考研辅导阶段性特点

考研辅导是一项系统工程，它是具有很强的节律性，大体可分考研规划指导、考研过程指导、考研调剂指导三个阶段。

1. 考研规划指导阶段特点

这个阶段时间是指考研当年的9月份前，主要工作任务是动员学生考研、摸底考研意向、设计考研路径。在动员考研期间，学生主要关心三个问题：考研是不是“有用”的梦，是不是“学霸”的梦，是不是“枯燥”的梦。辅导员要积极通过主题班会、集体谈话、个体约谈、朋辈教育等方式动员毕业生考研；在摸底考研意向期间，要及时掌握考研学生人数、比例等基本情况，及时做好考研预报名学校的统计，并及时反馈学生，防止报考过于集中，避免学生撞车现象。在设计考研路径方面，要帮助学生结合学生个人情况和往年考研情况，帮助其设计科学合理的考研路径，同时注意建立考研档案，便于及时修正。

2. 考研过程指导阶段特点

这个时间阶段是指考研当年的9月至12月，主要工作任务是争取学院领导、专业教师、校友等资源，为学生提供学业指导、心理指导、生活关心、面试指导等。通过多年的实践，考研复习期间，学生中出现的“比时间”的现象较为严重，这对其考研有很大的影响。例如，有的学生看到身边的学生比自己“出得早回得晚”就十分紧张，于是乎就不顾复习效率和自己的复习计划，盲目地跟从，导致复习效果极差。因此，辅导员要根据每个人的不同特点，分别邀请学院领导、专业教师、校友与各位同学约谈，帮助学生养成适合他们自己的生物钟，杜绝学生中的“比时间”现象。

3. 考研调剂指导阶段特点

这个阶段时间是指第二年的三四月份，主要工作任务是帮助达国家线而未进入考研学校复试的同学调剂其他学校。在此阶段，要注重以下几点：（1）积极发挥学生主动性，鼓励学生放眼于全国的高校，积极尝试。例如B区的一些学校，虽然国家划分A区和B区，但是B区的一些高校师资力量很强，所以要鼓励学生参与B区调剂，并主动作为。（2）积极发挥校友资源，鼓励学生联系校友，通过校友联系学校和导师，了解专业发展方向。（3）积极发挥教师资源，利用学院教师们的专业眼光和影响力，帮助学生介绍高校和导师，推荐学生参加调剂。

（二）关注考研对象个体性差异

在实际的学生工作中应关注考研对象的差异性，不宜一概而论。在实际中，有以下4类考研对象最容易受到各种因素影响，需要及时予以关注。

1. 平时学习成绩较差的学生

部分学生会因为平时学习成绩不太好，对考研没有信心。其实，考研成功与否和平时学习成绩没有直接关系。以一个班为例，平时学习成绩排名在30至90的学生（其中有9人挂科）中，有19人报考，最终被全部录取，占全班报考人数的44.2%。鉴于此，要更加注重做好以下三方面的考研动员工作：第一，保证学习成绩较好的学生的考研报考率；第二，扩大学习成绩中等学生报考人数；第三，鼓励学习成绩较差学生参加考研。

2. 女大学生

大学生在考研过程中会因经济压力、情感因素、学习困境等产生一系列心理波动，这种心理波动对女大学生产生的影响尤为突出。可采取集体个体谈心、心理放松运动、趣味运动会等一系列心理减负方法，做好下寝室、进教室送温暖活动，力求做到及时关注学生动态，最大程度减轻学生心理压力。

3. 家庭经济困难的学生

这类学生一般是想尽早工作为家里减轻负担，但是又不甘心放弃继续学习深造的机会。对此，主要是做好思想指导工作，讲清相关政策，帮助学生“算算账”。同时要及时向学校、学院申请给予学生困难补助，组织慰问活动，这样不仅在经济上给予其帮助，也给学生送去了心灵上的温暖，有助于缓解学生焦虑情绪。特别需要注意的是，很多学院考前和考中都进行慰问，但是在复习调剂阶段以及考研结束后却缺少慰问环节，其实在这两个环节开展慰问活动，会产生立竿见影的效果，对下一届学生考研也是间接的引导。

4. 倾向于考编就业的学生

考编就业是相对比较狭隘的一个就业选择，概率较小。再加上很多毕业生还没有确定就业意向，只是随大流、跟风，觉得考编就业比较稳定，其实根本没有做好准备或本身条件根本不适合选择考编就业。除此之外，我们还要帮助学生认清考研与就业的形势，帮助学生“算算时间”，考研一般是一年的12月底，考编就业最为黄金时间是次年的三四月份，二者不冲突。

（三）重视考研学生多重化关系

复习迎考阶段生活相对单一、枯燥、沉闷，必须帮助学生早日融入考研生活。在具体实施过程中，要重点关注三种关系：室友关系、研友关系和恋爱关系。

1. 室友关系

一个寝室往往会由于成员间不同的毕业选择而产生各种矛盾，也可能会因为不同学习计划产生不同的作息时间，而这可能导致个人睡眠时间与质量得不到保证，进而引发成员间更激烈的冲突。因此为了让同学们在考研期间保持充足的睡眠，拥有良好的寝室环境，辅导员要经常深入寝室，加强和学生的沟通，帮助学生搞好寝室关系。

2. 研友关系

考研期间学生通常三五人结成考研小团队，这通常会发挥积极作用。但其存在的问题主要是，成员中有一人情况变化，最终都可能会导致整个团队土崩瓦解。所以要通过谈心谈话等方式，及时掌握考研团队的组成情况和分布情况，深入学生教室，开展思想教育工作。

3. 恋爱关系

考研队伍中有一类较为特殊的群体是恋爱群体，尤其是异地恋爱，往往会因为你来我往，耽误很多时间，严重耽误学习考研。因此，辅导员应该经常深入学生中去，了解学生恋爱情况，特别是女大学生，要积极通过生活上关心、情感上开导等方式帮助学生解决实际问题，缓解其心理压力。例如，异地恋的女生是考研中比较脆弱的一类，辅导员要重点关注，当学生三番五次要请假去看男友就说明该女生一定在复习中出现了比较差的状态，辅导员这时一定要关注，主动谈心谈话，给予及时的肯定和鼓励。

五、主要成效

以上工作步骤及方法是我在近几年工作中摸索总结出来的经验，目前也已达到一定效果，所带的2009届、2010届和2014届毕业班考研率分别为40%、47.76%、45.82%，列全校第二、第一、第一。尤其是2014届毕业生考研涌现出“八学霸寝室”，其中多人被中国科学技术大学等名牌大学录取，还有部分同学考进中科院研究所，2016届毕业班学生考研刚结束，考研率为52%，再一次证明了考研辅导三个维度的成效。

六、分析与启示

考研辅导的每个工作环节，都会影响学生考研，确实要在方法上、路径上进行创新。随着环境及学生群体的不断变化，高校毕业生考研辅导工作也应适时做出调整。在以后的辅导工作中，要不断创新工作方法，努力做好服务学生的工作。

七、有待探讨的问题

（一）如何开展考研学生个性指导

目前，考研辅导的主要矛盾是“考研学生日益增长的个性化需求与当前单一辅导之间的矛盾”。作为辅导员需要针对不同的个体制订全方位、全过程的个性指导方案，满足学生需求和提高工作时效性。

（二）如何杜绝考研学生“录取而不上”的现象

目前，考研学生中滋生出一种现象，尤其是调剂学生中，当成绩出来不能达到“目标学校”的分数线，急于落实一个学校，所以就很盲目地选择学校。当被一所高校录取了，又感觉这个学校不是自己理想的学校或存在可能有更好的学校可以选择的现象或在日后的就业招聘中被录取了想去就业，所以出现了“录取而不上”的现象。

精准就业指导　助力学生就业

田　超

一、目的意义

毕业生就业向来是高校人才培养质量的试金石，切实有效的就业指导在学生求职过程中能发挥更大帮助作用。精准就业指导是在普遍性的就业指导基础上，专门针对高年级学生，根据其实际情况所进行的更加细致的指导与服务，旨在指引、辅导毕业生摆正心态，掌握技巧，抓住机遇，找到满意的职位。

二、主题

本案例以2012级学生为实施对象，自大三学年开始，通过寝室约谈、课堂实践、网络共享等方式落实精准就业指导，帮助学生提高就业能力，助力其求职就业。

三、背景

自学生进校起学校便开设大学生涯规划与职业规划等课程，对学生进行就业指导教育。学生经过两年的专业学习与实践，普遍对自己的职业规划有了初步的认识和探索。依据人才培养方案，多数应用型专业的学生在大四学年要进入单位进行实习和求职，所以大三学年的就业指导对学生尤为重要。大四学年，学生流动性大，在校参加集中学习的机会较少，而其在求职过程中可能遇到各种问题需要解决。因此，对于高年级学生而言，精准就业指导是非常必要和有效的。

四、主要问题

（一）认识不足

在调研中发现，很多学生缺乏择业就业的动力，认为时间还早、机会还多，对工作单位的挑剔远高于自身的实际水平，没有危机意识。

（二）能力不足

很多同学自实习起就表现出种种不适应，如缺乏工作技能无法完成岗位任务，缺乏沟通技巧与同事相处不融洽，存在畏难情绪遇到挫折后选择放弃等。

（三）准备不足

很多同学在求职过程中不会搜集有效信息、无法辨别岗位需求、简历制作简单草率、面试环节易紧张出错，在这些常规问题中频繁出现因准备不足而导致的错误。

五、解决问题的思路方法和举措

（一）思路与方法

精准就业指导就是专门针对高年级学生在求职中遇到和可能遇到的问题进行指导与帮扶，力争做到学生在哪里，就业指导就跟进到哪里。

从调研起步，详细掌握学生思想动态以解决就业认识问题；打破常规，提高就业指导课的学生参与度以解决就业能力问题；全方位渗透，建立多维度信息渠道带动全员参与，做好就业准备。根据学生的需求，从寝室、课堂、网络三个维度为其提供有效的就业指导服务，营造积极的就业氛围。

（二）举措

1. 相约寝室职业规划早把握

自大三下学期开学以来，本人不断走进学生寝室，通过“寝室约谈”的形式，每次与1至2个寝室的学生逐一交流，专门了解学生的考研、就业计划，并为每一个学生建立了“就业发展动态档案”。

每周周五下午，我会与1至2个寝室的同学交流了解其目前学习情况以及毕业后的就业规划。谈话中，各位同学能详细地汇报自身对于考研考编、就业和创业的不同选择规划及各自面临的困惑问题，本人会根据大家的不同目标方向给予有针对性的建议和指导。针对考研同学，在“就业发展动态档案”中详细记录每个同学的意向学校和复习进度并督促大家安排好复习时间，把握好复习进度，心无旁骛，坚定目标奋进。针对就业同学，则从就业方向、地域选择、简历投递、薪资待遇等方面和大家交流意见，并鼓励大家在实习就业中要求真务实，从容自信。针对创业的同学，详细询问创业的规模现状、资金融通以及面临的困难，鼓励创业同学要坚持不懈。此外，对一些目标不坚定、踌躇犹豫的同学，我则帮助他们分析自身优劣和社会现状，引导就业方向，督促他们尽快找准目标，做出选择。

2. 相约课堂科学方法促成长

精准的自我定位和科学的求职面试技巧是大学生求职成功的关键，学校在大三下学期开设的《大学生就业指导》课程从方法论层面帮助学生进行比较系统的择、就业思想教育和技巧培训，帮助准毕业生做好科学的职业选择，提高求职成功率。

在根据教材备课的基础上，本人结合在谈话中班级学生所关注的重点问题进行整理，将理论讲授、案例分析和现场模拟相结合，从解读就业形式和就业政策、职业素养的培养与就业准备、就业程序与途径、校园招聘和网络求职等专题帮助准毕业生从思想上、能力上和心理上做好求职准备、掌握求职技巧，保证毕业生顺利就业。尤其注重在每个专题的课程教学中专门设计实践练习环节，例如请同学们自行设计简历，撰写自荐信和职业生涯规划书，规划人生方向；分组模拟面试，在角色体验和老师的指导分析中学习面试技巧，分析面试问题；专门邀请班级已进行创业的同学做经验分享，交流其在创业过程中的想法、遇到的问题和解决的方案。对于学生提交的作品或课堂的表现，做到逐一点评，一对一指导，帮助学生更好地发现和解决存在的问题。

3. 相约网络就业信息齐分享

为巩固寝室约谈和课堂演练的效果，有针对性地解决大家的疑难问题，本人在新浪微博上设置“就业工作坊”话题。在此话题下，师生共同更新内容，各专业同学及时共享就业信息，随时随地畅通交流渠道，形成了共同关注、共同受用的互动氛围。在这里，同学们就考研、就业等相关问题畅所欲言，重要信息及时转发扩散，困难疑惑及时私信求助。其中，信息共享包含了校内外知名大师专业讲座通告；公务员、选调生、面向基层就业等政策性考试通知和注意事项；各类校招、网招实习招聘通知；求职面试技巧、档案整理、政策解读等内容。我依据每名学生的职业规划与定位，实现就业招聘指导信息的点对点推送；针对每名学生的个性化问题，进行详细指导，从而帮助学生把握每个机会，为自己的未来增添新的可能。

六、主要成效

（一）以谈话定目标

谈话的同学表示，这种聊天式的交流能更好地拉近师生间的距离，让大家更加直接地表达心中的疑惑与苦恼，及时地得到建议与帮助，也能提高大家对就业工作的重视程度，尽早做好就业准备。我选择走进宿舍进行谈话，同时也是为了让同学之间更加了解彼此的就业、考研计划，利用朋辈影响的作用在寝室里形成相互讨论、相互监督、相互帮助的良好就业、考研氛围。

（二）以演练提能力

有别于传统课堂教学，通过请创业学生分享创业经历、请不同观点学生现场对话交锋、分组互评求职简历、实战演练模拟面试等互动方式，让每名同学在课堂上就经历过求职的每个环节，边实践边发现问题，边思考边解决问题，大大加强了就业指导课的生动性和实效性，从实际层面提升了学生的就业能力，深受同学们的欢迎。

（三）以信息享共赢

利用网络渠道，共享就业信息，既迎合了学生的触媒习惯，也更便于搜集分享更多的有效就业信息。通过新浪微博话题“就业工作坊”，实现了就业招聘指导信息的点对点推送，该话题已然成为就业信息资源共享、毕业季答疑解惑、毕业生交流心得、就业工作动态记录的新媒体交流平台。同时也将密集的就业信息网络深入到每个同学的日常生活，形成全员促进就业的动力，在全班形成了共同关注、共同打造、共同努力的良好就业氛围。

截至2012年5月，通过对132名学生“一对一”的精准就业指导，新闻学专业三分之一学生成功读研深造，其中8人出国留学；广告学、广告设计专业已就业人数超过80%；4名创业的学生也已投入实践，初具规模。

七、分析与启示

（一）基石——充分调研具体问题

就业指导与服务进行是否有效离不开就业指导教师的认识水平、理论水平，但更取决于服务对象的个体情况。尽管在就业工作中会根据学生的就业选择进行考研、求职、创业的大类划分，但每个大类中的个体问题却是不尽相同的，必须有针对性地制订个性化就业指导方案。这需要对每个学生进行详细了解和深入交流。因此，充分调研、了解每个学生的具体情况是进行精准就业指导和服务的基石。

（二）关键——跟踪管理学生动态

每个学生从实习到择业的准备过程中会遇到各种不同的问题，随之而来的就是从心态到行为的各种变化。个性化就业指导方案不仅体现在针对每个学生个体，同时也针对每个个体的每个时段，需要根据学生面临的不同境况，及时做出调整。因而跟踪管理、持续了解学生的就业准备和动向是进行精准就业指导和服务的关键。

（三）难点——持之以恒提供指导

学生从大三的准备期到大四的就业期会经历较漫长的过程，尤其在学生到外地实习求职后，辅导员与学生在联络上减少，相应的就业指导也不如学生统一在校时及时和详细。因而持之以恒地对学生就业信息定期进行梳理并给予反馈是进行精准就业指导和服务的难点。

八、有待探讨的问题

（一）如何转变学生就业观念

虽然通过精准就业指导有效解决了一些学生在求职中遇到的具体问题，但在谈话中也发现，学生的就业观念存在较多问题。很多学生对于工作的要求过多，存在完美主义倾向，即便在求职中遭遇拒绝，也不愿调整择业要求。一些学生盲目追求工作的薪酬待遇、地理区位、工作条件，而忽视了自身就业能力和职业发展前景。还有小部分同学对求职报以无所谓的态度，不能积极投入，存在“慵懒散，等靠要”的心理，这些都是亟待转变的问题。而如何有效转变这些不正确的就业观念，需要进一步探讨。

（二）就业指导工作的持续性问题

就业指导工作并非只在大三、大四时开展，应当自进校起就唤醒学生的就业意识，引导其关注求职就业中的每个节点和环节，尽早开始进行就业准备工作。需要有更加系统完善的就业指导课程设计，从大一开始逐渐开展就业指导教育，提升就业指导工作的持续性。

（三）就业指导工作的实效性问题

新生辅导员大多刚刚入职，对就业工作的认识尚不到位；学生在校期间要参加大量的学业和素质拓展活动，与就业相关的实践活动组织较少，学生的重视度与参与度不高；学校专门设置的就业指导课课时有限，很难针对每个学生的就业状况；就业指导课程的授课教师多为辅导员，所接受的专业培训和自身求职经验不够丰富，这些因素都会影响到就业指导工作的实效性。

考研“二战族”学生的精准就业指导

赵全胜

一、目的意义

近几年，在大学生就业过程中，有很多同学选择自愿性失业，考研“二战族”就是自愿性失业的一类，它主要指毕业后选择不就业，而准备再次报考硕士研究生的一类人群。考研“二战族”的不断扩大，带来的是非常复杂的教育问题和就业问题，因而深入研究这一群体，了解这一群体的思想认识，探讨针对这一群体如何开展就业指导具有非常重要的意义。本案例选取化学专业一名拟“二战考研”李同学为对象，通过采取系列举措，引导该同学转变思想观念，选择合理就业目标，提高就业竞争力，最终顺利就业。案例旨在通过对个案的研究，探讨针对这一群体如何开展精准就业指导。

二、主题

实施精准就业帮扶指导，促进考研“二战族”学生顺利就业。

三、背景

学生李某，女，化学专业大四学生，出生于农村，父母均在家务农，家庭经济条件一般；本人性格较为内向，人际关系一般。刚入学时成绩处于专业中等水平，随着专业课的开设及专业课内容不断加深，成绩有所下降。大三时，看到身边大部分同学都选择考研，遂决定报考硕士研究生，因目标定位较高，且复习效果欠佳，最终考研以失败告终。但李同学认为目前就业形势严峻，担心自己找工作失败，也不知道自己适合何种工作，该找什么样的工作，并且对考研失利心有不甘，决定再花一年时间认真复习再次考研。在考研结束后的这段时间里，李同学也并未开始复习课程，而是经常在寝室睡懒觉、看电视，准备放松一段时间等到毕业离校后再开始复习。

四、主要问题

李同学在经历考研失败后，准备直接跳过在当前阶段找工作就业的环节，决意选择“考研二战”。具体问题可分为以下几点：

（一）对当前考研、就业认识不足

李同学第一次选择考研的原因是专业大多数人都选择考研，自己不想就业就随大流选择考研，选择“考研二战”的原因是已经付出那么多，没考上不甘心，想再尝试一次。从其想法可以看出李同学缺乏对考研、就业的充分认识，在选择上有一定的盲从性。

（二）缺乏清晰的职业生涯规划

李同学职业生涯规划意识薄弱、规划水平较低，大学近四年时间里，对自己的职业都没有认真规划，因此缺乏明确的职业目标，等已经处在毕业学年时，仍不知所措，随波逐流。

（三）家长就业观念影响学生的选择

李同学家长均为朴实农民，思想观念较为陈旧，他们认为孩子继续学习深造想法是好的，且认为家里目前虽然经济困难但仍能坚持，仍可以继续供养李同学考研学习，所以并不介意李同学不就业工作。家长这种放任孩子逃避就业的态度，客观上也影响李同学选择。

五、解决思路

首先，通过各方面人员与李同学谈心谈话、沟通交流，帮助李同学鼓起求职的勇气、坚定求职的信心，树立正确的就业观念；其次，与其父母沟通，争取家长支持；第三，辅导员通过联系专业老师，根据李同学实际情况，帮其制定符合自身实际的职业生涯规划，确定合理的就业目标实施专业指导，帮助李同学在毕业前找到适合自己的工作，顺利实现就业。

六、具体举措

（一）精准帮扶，帮助李同学正确认识考研就业

通过辅导员、同班同学、专业老师分别与李同学谈心谈话、沟通交流，形成强大的工作合力，帮助其树立正确的就业观念。

辅导员在李同学考研失利后，发现其状态比较消沉，便在办公室与李同学谈话，鼓励她尽快从考研失利阴影中走出来，抓紧时间积极准备找工作，但谈话中李同学表示不准备就业找工作，而是决定继续"考研二战"。辅导员帮其细致分析"考研二战"弊端及其自身情况后劝其先选择就业，但李同学反倒固执地以为辅导员只是为了提升专业就业率才希望她尽快就业。

在此情况下，辅导员找到平常与李同学关系最好的方同学，方同学系其寝室室友，且是班级学生干部。辅导员决定让方同学发挥朋辈作用，通过寝室闲聊方式，引导李同学正确认识自我，正确认识考研，做出合理选择。通过与方同学的谈话，李同学开始犹豫，但仍未放弃考研打算。

在与方同学商讨下一步措施时，辅导员得知李同学分析化学专业课学得最好，并且最喜欢该门课的任课老师王老师。得知该情况后，辅导员立即将李同学情况反馈给王老师，并希望王老师能做做李同学的思想工作。王老师在了解情况后，以探讨专业实验为由邀请李同学到实验室，并与李同学谈心谈话，王老师从专业课程学习、导师招生心态等角度分析"考研二战"不利因素。

（二）精准沟通，转变家长就业观念

在处理该名学生案例的过程中，辅导员与家长进行了有效沟通。在得知李同学准备"二战"后，辅导员即与李同学家长电话联系，告知情况，并反复做家长思想认识工作，最终使家长认识到孩子毕业前应该选择先就业，争取到家长支持，联合家长力量做李同学工作。

最终，通过辅导员、班级同学、专业老师以及家长的共同努力，李同学开始认识到自己的问题，并放弃了再次考研的念头，开始准备

求职就业。

（三）精准指导，引导李同学制订未来人生规划

在此之后，辅导员又与李同学进行一次长时间谈话。辅导员根据李同学情况，结合她擅长的课程优势、兴趣爱好、家庭经济情况等因素，帮其制订未来五年的职业规划和最后两个多月大学时光的时间规划。

辅导员又联系到化学教学论方向的孙老师帮助其确定职业目标、提高专业能力。在与孙老师详细沟通后，李同学确立了当一名中学老师的目标，并据此制订了行动计划。孙老师利用周末时间，对李同学进行微格教学训练帮助其提升教学技能，加强其普通话和粉笔字训练，同时指导其进行教学教案的设计，有效提高了李同学的师范生基本功。

七、主要成效

通过与李同学多次深入沟通，该同学逐渐认识到考研并不是最适合自己的目标，当初考研只是迷茫而随大流，现在决定再次考研只是畏惧找工作，给自己逃避找理由。认识到问题后，该同学在辅导员的引导下、专业老师的帮助下，决定将就业目标定为中学化学教师，并积极参加各地中学及教育辅导机构的教师选聘。目前，李同学已成功签约安庆某中学，毕业后将到该校担任初中化学教师。

八、分析和启示

（一）用真心换信任，实现就业指导人性化

在指导学生就业工作中，一味地说教、命令反而会引起学生的反感，甚至是误解——以为辅导员只是在追求就业率而不是真的为学生考虑。因此，辅导员要本着为学生成长及未来负责的态度，从学生自身角度出发，用真心实意去帮助学生，换取学生对辅导员的信任。

（二）联合多方力量，实施就业指导全员化

通过“学生—辅导员—专业老师”“学生—家庭—学校”相互协调配合，形成强大的工作合力，实现就业指导全员参与。

（三）依托教师资源，实现就业指导专业化

结合学院师范专业老师的优势资源，帮助李同学夯实专业基础、在短期内提升师范生技能，为其后期顺利找到工作打下了坚实的基础。

校企共建实训基地

刘卫东　王云鹏

一、背景

2016年全国高校毕业生规模达到770万，加上往年的未就业毕业生，全国大学生就业形势十分严峻。应届毕业生理论基础扎实，但实践操作能力普遍较弱，企业不愿意接收刚走出校门的无经验的“毛坯”人才，他们希望招聘到来了就能用的“成品”人才，一边是企业求贤如渴，一边是毕业生找不到理想的工作。当前，企业录用员工标准和高校培养人才之间错位，高校课程、教育理念、人才培养方式滞后于企业需求的人才标准，仅靠高校自己的力量很难改变这一局面，这就需要高校利用企业的资源和环境来综合培养毕业生。

数学计算机科学学院2012级软件工程张同学，男生，专业课成绩排名中等，大四就要开始实习和找工作了，可张同学一直觉得自己专业课学得不扎实，没有信心去找实习单位，更没信心去找工作。2012级计算机科学与技术专业的李同学，女生，学习很勤奋，大学前三年综合测评都能进入专业排名前10%，但是计算机实践应用能力弱，实际写代码数量有限，对计算机相关的工作不感兴趣。

二、主题

通过校企合作共建实训基地，提升毕业生专业技能、就业能力，提高就业质量。

三、主要问题

（一）人才培养目标过于宽泛

目前部分人才培养方案过于宽泛，过于强调理论知识的学习，削弱了实践技能的培养，对于计算机相关专业更是如此。学生在大学四年期间，理论学习知识储备较充足，实践技能培训少且弱，出现“能说不能做”现象。

（二）学院实习实训经费相对不足

提供给实训教学的经费有限，校内实训场地和设备存在一定程度上的不足，有的实验设备老化，这就出现了学生实际操作动手时间少，直接影响计算机相关专业技能的培养。

（三）实训指导教师结构不合理

当前学院实训指导教师中，既精通理论，又有一定实践工作经验的“双师”型教师比较紧缺，大部分指导教师没有在IT企业工作的经验，没有一定的代码写量，多偏重理论教学，缺乏实践开发经验，且教学方法单一，使得理论教学和实际技能训练不能有效结合起来，校内实训教学效果欠佳。

四、解决问题的方法和举措

（一）校企合作共建实训基地

为了提高计算机相关专业毕业生专业技能，提高动手能力，学院积极开拓市场，加强和企业联系，分别与北京千锋互联教育科技有限公司、苏州高博软件开发公司等近10家软件开发公司建立合作关系，设立实训基地。毕业生在实训基地进行为期4个月的实训，实训期间，主要开展2个月的实践教学和2个月的项目开发。学生自愿报名和学校选拔相结合，引导学生以市场和业务需求为导向搭建团队构架，开展创业就业实践，以企业化方式运作，学生能够充分感受企业的工作要求和氛围。

（二）校企合作课程学分互换

学院积极探索全新的人才培养模式，和IT企业长期合作，共同培养人才，提高IT人才培养质量，将企业的资源引进学校，按照IT企业用人需求和标准培养学生，邀请企业讲师给学生讲授专业方向课，将

IT行业最前沿的技术和行业动态分享给学生，按学时置换成学分。截至目前，学院邀请了三家IT企业来学院为计算机科学与技术、软件工程和物联网工程三个专业学生分别开设了为期一周的实训课程，学分置换的方式让学生不出校门就能零距离接触到企业，接触到专业前沿技术和就业市场。

（三）毕业实习、设计和实训融为一体

实训就是毕业生的实习，毕业生同时可以将实训项目作为自己的毕业设计，在实训老师和学院毕业设计老师的共同指导下开展毕业设计的开题、项目论证等，最后参加学院组织的毕业设计答辩，有效节省了实习时间和毕业设计的时间。

五、主要成效

校企合作开展实训，既能丰富教学实践内容，弥补学校在实践技能教学方面的不足，提高了教学质量，又能帮助毕业生获得工作与学习的双重教育，获得专业技能、实践经验等多方面的回报。

（一）实现了人才培养与企业人次需求的零距离对接

校企合作共建实训基地，为高校培养人才提供了真实的平台，让学生不出校门，就能获得动手实践的机会，更早地了解了企业对人才的需求。企业能直接从学校获得自己所需的人才，更好地实现了人才培养与企业人才需求的零距离对接。

（二）提升了毕业生的就业竞争能力

通过校企合作共建实训基地，开展毕业生的实习实训，提高了学生的专业实践技能，对于毕业生来说，这样的一种经历，既积累了工作经验，培养了职业素养，又提高了工作能力，提升了就业竞争能力。

（三）提高了毕业生的就业质量

通过学院组织的集中实训，在就业形势严峻，就业竞争激烈的2016年，学院就业率和去年相比提高了2个百分点，实训毕业生平均薪资达到8000元/月，比未参加实训的毕业生平均薪资提高了50%，个

别实训毕业生月薪达到15000元/月，一年15个月薪资。实训毕业生在用人单位发展空间大，机会多，参与感强，有的独当一面，承担起单位的主管角色，用人单位对开发技能强、经验丰富的实训毕业生很满意。有的已经用实训期间做的项目进行创业，成立创业团队，拉到了可观的风投。

（四）降低了毕业生就业成本

往年，学院的毕业生实习和就业是分开的，大四上学期，学院统一组织毕业生实习，实习结束后，毕业生再参加各类招聘会，耗费时间长，很多毕业生到毕业还没找到满意的工作。而现在将实习、实训和就业融为一体，降低了实习和就业的时间成本和经济成本。很多参加实训的毕业生经过4个月的实训，2015年11月底就已经找到工作了。

上述案例中的2012级软件工程张同学参加了学院统一组织的实训，经过4个月的学习和实践，实训一结束，就找到了理想的用人单位，月薪9000元，觉得自己还没毕业就能拿这么多的薪水，感激之情溢于言表。他激动地说："感谢学院推荐他来参加实训，自己很能吃苦，能踏踏实实地敲4个月的代码，收获来之不易，一定好好珍惜这份工作，不辜负学院和老师的一片心意。"

2012级计算机科学与技术的李同学，也是在辅导员的动员下积极参加了学院组织的实训，4个月下来收获很多，觉得自己的专业技能增强了多倍，对编程开发有信心了，现在已经有多家用人单位愿意接收她，而且薪水都比较满意。在实训期间，实训指导老师和项目经理及时将李同学实训的表现反馈给学院、辅导员和家长。家长对孩子的就业也很满意。

六、相关建议

第一，当前各高校都在积极探索新的人才培养模式，在研究有关实习、实训的新方法，希望学院能进一步推动面向就业的实习实训机制探索，从实践的角度推动实习实训这一重要环节的建设。

第二，希望学院能进一步和企业合作，引进企业的资源，在校内共建实训基地，让学生在校就能进行实训，加强专业技能训练，增强动手能力。

第三，希望在修订2016人才培养方案时，能将实训这一重要的实践教学环节设计得更合理，切实提高毕业生的就业能力和就业质量。

让志愿服务越来越专业

——高校志愿服务的“平民电脑学校”

许晓峰

安徽师范大学“平民电脑学校”成立于2008年7月。现已形成1个总校、41个分校（基地），累计服务安徽、江苏、福建、广西、江西、浙江、河北、河南、辽宁、新疆、吉林等10余个省份中的近300个社区和乡村，服务基层百姓10万余人。新华社、经济日报、中国青年报、中国教育报、人民网、新华网等媒体纷纷予以报道。联合国原人事司副司长翁盈盈女士欣然为之题词，2010年获得中国青年志愿者最高荣誉——“中国青年志愿者优秀项目奖”，2012年荣获高校校园文化建设优秀成果二等奖。

一、工作目标与思路

（一）工作目标

推进信息化建设，促进大学生成才，引领新时代风尚。

（二）“1353”工作思路

概括起来就是1个主题、3个结合、5项内容、3个目标。即围绕“服务社会，实践成才，引领风尚”的主题，结合专业特点、结合大众需求、结合社会热点，以志愿服务为主要内容、以学生社团为主要依托、以平民大众为主要对象，起步于校园、扎根在社区和农村、拓展到全国各地，广泛开展信息建设调研、电脑知识普及、电脑故障排除、网络文明宣传、义务家教辅导等志愿服务活动，努力推进社会信息化建设、促进大学生成长成才、引领和谐文明的社会风尚。

二、实施方法与过程

（一）抓住三个关键，“平民电脑学校”项目顺利实施

1. 以平民大众为主要对象

“平民电脑学校”定位为“服务平民百姓”，因此而得名。活动的主要对象是“平民”，如校园内的大、中、小学生，社区内的群众、工作人员以及农民等。活动不重深奥的理论传授，而是强调普及信息化的有关知识、培训电脑操作的有关技能、解决老百姓的实际问题，为推动社会信息化建设做出贡献。

2. 以志愿服务为主要方式

主要包括五项内容。一是电脑知识普及。总校及各分校在全国各地开展信息化知识讲座、电脑知识培训、“一对一”上机辅导等志愿活动，教会群众如何使用电脑，如何利用信息化手段为生产和生活服务。二是信息建设调研。每年的暑期社会实践，志愿者们会围绕“信息化建设”中出现的某些问题开展调研，形成调研报告，供有关部门参考。三是电脑故障排除。志愿者们或设立义务维修服务点，或免费上门，帮助群众维修电脑，解决他们在电脑操作中的常见问题。四是网络文明宣传。志愿者们通过发放倡议书、开展专题讲座、编印宣传手册、制作宣传展板等方式，引导广大群众文明上网、健康上网。五是义务家教辅导。志愿者们还利用闲暇时间，对留守儿童、残障儿童等进行“一对一”的家教辅导，帮助他们提高学习成绩。

3. 以学生社团为主要依托

“平民电脑学校”以学生为主体，其他电脑爱好者广泛参与。日常志愿活动，由学校大学生计算机爱好者协会组织实施，主要是利用双休日、节假日等课余时间就近开展。每年暑期的社会实践，由学校团委组织数百名志愿者，成立若干个实践团队，分赴全国各地广泛开展志愿服务活动。

（二）实现三个跨越，“平民电脑学校”项目不断发展

1. 活动范围上，实现了从校园到社区农村，从安徽到全国各地的跨越

“平民电脑学校”起步于安徽师范大学的校园，主要为大学生和教职工提供服务。慢慢开始走向周边社区和农村，后来依靠在校大学生，根据地域组建团队，在更大范围内拓展活动平台。到目前为止，已覆盖安徽省各个地区，拓展到全国10余个省份。每年暑期，全国各地经常可见“平民电脑学校”的旗帜和志愿者们活动的身影。

2. 活动内容上，实现了从关注平民大众，到关注特殊群体和社会热点的跨越

近来，“平民电脑学校”在活动内涵上不断丰富。刚成立时，关注的主要是平民大众，教会他们电脑操作的基本知识。随着时代的发展，平民大众中的大部分已经基本掌握操作技能，关注的对象开始转向留守儿童、残障儿童、空巢老人等特殊群体。同时，志愿活动开始更加关注社会热点。2012年暑期，专门组建了“网络文明建设”服务团队，分赴全国各地开展网络文明宣讲、网络技能培训、红色网站制作等活动，为党的十八大胜利召开营造良好的网上舆论氛围。

3. 活动主体上，实现了从计算机专业，到理工科，再到其他专业大学生的跨越

“平民电脑学校”由安徽师范大学计算机科学与技术专业2007级本科生创办，计算机专业的大学生是最初的活动主体。随着计算机知识的普及，全校理工科的大学生逐步加入。到如今，全校各专业同学就近组建团队开展活动。以2015年暑期社会实践为例，“平民电脑学校”共有志愿者600余名，其中计算机专业的同学约占三分之一，表明“平民电脑学校”在主体建设上迈上新的台阶，这将大大促进活动的普遍开展。

三、工作成效

（一）丰富校园文化

安徽师范大学具有80多年的悠久历史，形成了“勤学慎思、质朴谦逊、知行合一、求实求新”的优良学风。这种精神财富在不同的历史时期，不同的学科专业，有不同的活动载体。“平民电脑学校”就是将优秀校园文化与时代需求和学科、专业紧密结合的具体实践，它一方面丰富了校园文化，另一方面也对校园文化的建设起了引领和示范作用。在它的影响和带动下，“服务社会，实践成才，引领风尚”已经成为安徽师范大学校园的主流文化之一。

（二）推动信息化建设

据不完全统计，“平民电脑学校”自成立以来共发放调查问卷2万余份，形成调研报告100余个，开展免费培训1000余场次、受众6万余人。针对空巢老人、残障儿童、留守儿童等特殊人群的志愿服务，一定程度上扩大了信息化普及的面。而直接参与活动的2000余名志愿者以及因为活动受益的10余万名群众，将发挥“种子”的功能，直接或间接地推动社会信息化建设。

（三）服务平民大众

据不完全统计，志愿者们在全国各地累计设立300余个服务点，上门免费维修电脑8000余台（次），为5000余名儿童提供义务家教。“平民电脑学校”还注重建立长效机制。如，2010级计算机科学与技术专业本科生张真真等几名党员大学生，通过暑期社会实践活动与残疾女孩胡陵艳结成了对子，给她给予帮助。

（四）引领社会风尚

“平民电脑学校”虽然不是一个严密的组织，但她已经成为一面旗帜。在这面旗帜下，聚集着数千名青年志愿者，其中不乏大量的大学生党员。他们围绕“服务社会，实践成才，引领风尚”的主题，以实际行动创先争优，展示大学生的良好精神风貌，成为一道道亮丽的风景线，引领着和谐文明的社会风尚。

（五）促进大学生成才

大学生志愿者在活动的过程中，将所学知识运用于实践，同时也在实践中受教育、长才干。志愿者们在全国、全省“三好学生”等各类评选中展露风采，在教育部“本科教学工程”国家级大学生创新创业训练计划项目申报中独领风骚，在全国大学生计算机设计大赛、全国大学生数学建模竞赛、大学生动漫大赛等赛事上捷报频传。据不完全统计，“平民电脑学校”2000余名志愿者中，30余人次获得国家级奖项，100余人次获得省级奖项，等等。

（六）赢得广泛好评

志愿服务活动产生了良好的社会影响。2009年10月，联合国原人事司副司长翁盈盈女士访问我校，听到“平民电脑学校”的事迹后，欣然题词“助人自助”，鼓励志愿者们继承传统、再铸辉煌。不少单位和群众送来锦旗和感谢信，有些单位还主动要求设立实践基地。“平民电脑学校”同时受到新华社、经济日报、中国青年报、中国教育报、人民网、新华网等主流媒体的广泛关注。